CYFRINACH IFAN HOPCYN

Eiry Miles

Gomer

Cyhoeddwyd gyntaf yn 2013 gan
Wasg Gomer, Llandysul, Ceredigion, SA44 4JL.
www.gomer.co.uk

ISBN 978 1 84851 496 6

Cyhoeddwyd gyda chefnogaeth Llywodraeth Cymru.

Argraffwyd a rhwymwyd yng Nghymru gan
Wasg Gomer, Llandysul, Ceredigion.

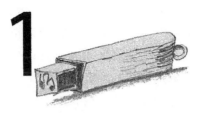

'Hwyl! Wela i chi fory!'

Camodd Ifan Hopcyn oddi ar y bws ysgol, gan lacio'i dei coch a gwyrdd. Safodd ar y pafin am funud fach, gan wylio'r bws yn bustachu i fyny'r rhiw, a'r plant eraill yn diflannu o'r golwg. Anadlodd yn ddwfn, a gwenu. Roedd ei ddiwrnod cyntaf yn Ysgol Cil y Deryn wedi dod i ben, a phopeth wedi mynd yn dda.

Pan oedd yn siŵr nad oedd neb yn ei wylio, croesodd y bont dros y ffordd, a cherdded yn ei flaen nes dod at ffens bren oedd yn amgylchynu coedwig fawr. Gydag un naid uchel, llamodd dros y ffens, gan lanio – SBLAT – mewn pwll o fwd. Roedd ei esgidiau a'i drowsus ysgol newydd yn wlyb a budr, ond aeth yn ei flaen heb oedi. Ni allai wastraffu eiliad, rhag ofn i rywun ei weld. Rhedodd drwy'r coed, gan lamu dros foncyffion a chreigiau. Trodd i'r chwith yn ymyl y dderwen hynaf yng Nghymru, nes dod at glamp o graig hirgron, yr un siâp yn union â phêl rygbi anferthol. Gan edrych yn gyflym dros ei ysgwydd, rhoddodd ei law yn ei fag ysgol i estyn y gwglach, sef allwedd electronig ddisglair. Mwythodd wyneb y graig nes dod o hyd i dwll bach siâp petryal, a gwthiodd y gwglach i mewn iddo.

GWIIIICH! Agorodd hollt yn y graig – un digon mawr i Ifan wasgu ei hun trwyddo. Tynnodd ei hun ymlaen, nes glanio ar ei bedwar yng nghrombil tywyll y graig. Ar ôl cau'r hollt yn dynn ar ei ôl, defnyddiodd ei ffôn symudol fel fflachlamp i ddod o hyd i dwnnel yn y llawr, a neidiodd i mewn iddo.

'Wiiii!' gwaeddodd, wrth iddo saethu'n is ac yn is drwy'r twnnel i berfeddion y graig, yn bell o dan y ddaear. 'We-hei!' meddai wedyn, wrth i'r twnnel droelli o'r chwith i'r dde ac o'r dde i'r chwith fel mwydyn aflonydd. Yna, gyda sŵn FFLOP, glaniodd ar ei ben-ôl ar soffa feddal mewn stafell olau braf. Roedd wedi cyrraedd stafell fyw ei deulu.

'Maam! Dwi gartref!' gwaeddodd, gan sychu llwch y graig o'i lygaid.

'Wel? Sut aeth pethau?' holodd ei fam, gan ddiffodd ei chyfrifiadur a symud i eistedd wrth ei ochr ar y soffa. Neidiodd Sali – ei gwningen – i eistedd rhyngddyn nhw, a mwythodd Ifan ei chlustiau hir melfedaidd.

'Iawn . . . grêt. Roedd pawb yn glên iawn. Gawson ni wers arlunio, ac roedd Mrs Puw yn hoffi fy lluniau i.'

'Da iawn. Wnaeth Mrs Puw neu'r plant ofyn llawer o gwestiynau i ti?'

'Wel, roedd pawb eisiau gwybod o ble ro'n i'n dod – ac fe ddywedais i fod ein teulu ni wedi bod yn byw dramor, ond dy fod ti a Dad wedi cael gwaith yng Nghil y Deryn nawr. Dywedais ein bod ni'n byw yn un o'r tai newydd gyferbyn â'r goedwig. Wnaeth neb fy ngweld i'n dod yma.'

'Da iawn ti, Ifan. Wel, mae'n rhaid i ni fod yn ofalus, on'd oes? Dy'n ni ddim eisiau i neb ddod i fusnesu fan hyn.'

'Nac ydyn wir,' cytunodd Ifan yn dawel, gan edrych o gwmpas waliau creigiog y stafell fyw.

'Reit 'te – cer di i newid o'r dillad 'na, ac fe wna i damaid o fwyd i ni. Fe gei di ddweud mwy o'r hanes wrtha i wedyn. Rwyt ti wedi cael diwrnod cyffrous iawn, dwi'n siŵr.'

Newidiodd Ifan i bâr o siorts a chrys-T llwyd, sef y dillad arbennig roedd pawb yn eu gwisgo o dan y ddaear. Doedd dim angen gwisgo trowsus llaes a siwmper oherwydd ei bod mor gynnes yno, a doedd dim pwynt gwisgo dillad lliwgar chwaith gan y bydden nhw'n baeddu'n gyflym iawn yn yr holl lwch oedd yno.

Gorweddodd Ifan yn ôl ar ei wely am funud fach, i feddwl am ddigwyddiadau'r diwrnod aeth heibio. Roedd e wedi bod yn poeni ers wythnosau. Poeni y byddai ei athro'n gas. Poeni y byddai'r plant yn greulon ac yn gwneud hwyl am ei ben. Poeni na fyddai'n deall beth oedd yn digwydd yn y gwersi. Poeni am bob math o bethau eraill. Mae'n siŵr fod hynny'n ddigon naturiol, meddyliodd, yn enwedig ac yntau heb fod mewn unrhyw ysgol erioed o'r blaen. Roedd e wedi bod yn cael gwersi gartref gyda'i rieni yn y Tanfyd. Ond nawr, ac Ifan yn un ar ddeg oed, roedden nhw wedi penderfynu ei bod yn hen bryd iddo fynd i'r ysgol er mwyn cymysgu â phlant eraill.

Ie, y Tanfyd. Byd tanddaearol. Dyna ble roedd Ifan yn byw. Glywaist ti sôn am y lle erioed?

Naddo?

Wel, ogof enfawr oedd y Tanfyd, tua'r un maint â Chaerdydd. Roedd e'n ddwfn o dan wyneb y ddaear, yn union o dan dde Cymru.

Fel y gelli di ddychmygu, lle tywyll oedd y Tanfyd. Yn ystod y dydd roedd lampau stryd yn goleuo'r lle, ond bydden nhw'n cael eu diffodd ar ôl wyth o'r gloch y nos. Ar ôl hynny, byddai'n rhaid i bawb gario tortshys o gwmpas gyda nhw. Am ddeg o'r gloch y nos, byddai'r trydan yn cael ei ddiffodd yn llwyr, ac roedd yn rhaid i bawb fynd i'r gwely bryd hynny. Am hanner awr wedi chwech y bore, byddai'r trydan a'r goleuadau'n cael eu cynnau unwaith eto, a larwm uchel yn canu i ddihuno pawb. Roedd hynny'n digwydd bob bore! Doedd neb byth yn cael cysgu'n hwyr – ddim hyd yn oed ar y penwythnos!

Roedd y Tanfyd yn debyg i anialwch tywyll, a bryniau o lwch sych a cherrig llwyd ym mhobman, ond doedd dim hyd yn oed cactws yn tyfu yno. Welech chi ddim camelod yno chwaith; yr unig anifeiliaid yn y Tanfyd oedd corynnod, mwydod, cwningod ac ambell dwrch daear.

Doedd dim llawer o dai yno, dim ond rhyw hanner cant o dai teras bach. Doedden nhw ddim yn debyg i'r tai teras welwch chi yng nghymoedd de Cymru, oherwydd mai dim ond un ffenestr oedd ar dalcen pob un. Doedd dim pwynt cael mwy na hynny, gan nad oedd fawr ddim golau'n dod i mewn drwyddyn nhw. Yr unig adeiladau eraill oedd clamp o dŷ mawr sgwâr – cartref rheolwr y Tanfyd – ac adeilad anferth tebyg i gastell oedd yn cael ei adeiladu y drws nesaf iddo. O gwmpas y castell, roedd llawer o lorïau a theirw dur, ac adeiladwyr wrthi'n brysur yn codi waliau'r castell yn uwch ac yn uwch. Doedd dim cerddoriaeth i'w chlywed, na seiniau hapus plant yn chwarae. Yr unig beth i'w glywed yn y Tanfyd oedd sŵn yr adeiladwyr a'u peiriannau.

Syniad Prif Weinidog Cymru oedd adeiladu'r Tanfyd. Roedd e'n pryderu am ddyfodol Cymru oherwydd bod y gaeafau wedi mynd o ddrwg i waeth dros y blynyddoedd diwethaf. Roedd llawer o bobl wedi colli eu cartrefi a'u gwaith oherwydd llifogydd ofnadwy, a channoedd wedi dioddef colledion mawr oherwydd yr eira trwm. Felly, ar ôl trafod gyda llawer o wyddonwyr pwysig, penderfynodd y Prif Weinidog fod angen adeiladu lloches arbennig i bobl Cymru o dan y ddaear. A dyna oedd y Tanfyd – lle diogel i bobl Cymru fynd iddo pan fyddai eu cartrefi a'u bywydau mewn perygl.

Y Tanfyd oedd cartref Ifan er pan oedd yn fachgen bach, oherwydd bod ei rieni'n gweithio yno – ei fam yn bensaer a'i dad yn adeiladwr. Dyna pam roedd yn rhaid i Ifan fod yn ofalus iawn wrth symud i mewn ac allan o'r byd dirgel hwnnw. Byddai ei rieni'n colli eu gwaith a'u cartref pe baen nhw'n datgelu eu cyfrinach i'r bobl oedd yn byw ar wyneb y ddaear.

Dim ond ychydig o bobl oedd yn gwybod am y Tanfyd. Doedd y rheolwr, Mr Caradog, ddim eisiau i bobl ddod i fusnesu nes bod y lle wedi'i orffen yn gyfan gwbl ac yn barod i agor ei ddrysau i'r byd i gyd.

Ac roedd Mr Caradog yn gallu bod yn ddyn cas. Yn ddyn cas iawn . . .

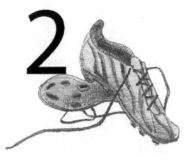

Bore dydd Mawrth oedd hi, ac Ifan newydd gamu ar y bws ysgol. Edrychodd o'i gwmpas i chwilio am sedd wag, a gwelodd ferch fach â sbectol drwchus yn eistedd ar ei phen ei hun yn y cefn. Cerddodd tuag ati.

'Helô, Ifan ydw i,' meddai gan wenu. 'Ga i eistedd fan hyn?'

'Iawn,' atebodd y ferch yn swil, gan wthio'i sbectol yn uwch i fyny ei thrwyn bach tenau.

'Beth yw dy enw di?'

'Alys,' atebodd hithau'n dawel, gan roi ei llaw dros ei cheg i guddio'r brês metel disglair oedd ar ei dannedd cam. 'Alys Tomos. Dwi yn yr un dosbarth â ti.'

'Wyt ti wir?'

Ceisiodd Ifan guddio'r syndod yn ei lais. Doedd e ddim wedi sylwi arni'r diwrnod cynt. Mae'n rhaid ei bod yn eistedd yng nghefn y dosbarth yn rhywle, mor dawel â llygoden fach.

12

Clywodd Ifan rywun yn chwerthin yn gras, cyn gweiddi, 'Ha ha! Mae Alys Sbecs wedi cael cariad newydd!'

Trodd Ifan ei ben i edrych ar y bachgen oedd yn eistedd yn y sedd y tu ôl iddo – clamp o fachgen mawr cryf, a'i wallt yn fyr fel blew llygoden. Roedd yn rowlio chwerthin gan ddangos ei donsils i bawb.

'Cau dy geg, Iolo,' atebodd Alys, a'i hwyneb yn goch.

'Cau dy geg, Iolo!' adleisiodd Iolo'n watwarus, gan chwerthin yn gras unwaith eto.

'Hen dwpsyn yw e,' ysgyrnygodd Alys. 'Bydd raid i ti fod yn ofalus ohono fe. Mae e wastad yn pigo ar blant newydd. Llynedd, daeth bachgen newydd i'r ysgol a gadael ar ôl wythnos achos bod Iolo mor gas gyda fe. Mae ei deulu e'n achosi problemau hefyd. Mae ei dad wedi bod yn y carchar am ymladd.'

'O, bydda i'n iawn,' atebodd Ifan gan wenu. 'Paid â phoeni amdana i.'

Ond wrth edrych ar Iolo'n dyrnu'i sedd â'i ddwylo mawr cryf, llyncodd ei boer yn nerfus.

13

Ymarfer corff oedd y wers gyntaf ar fore dydd Mawrth, felly aeth y plant i gyd i newid i'w siorts a'u crysau-T. Roedd Ifan yn edrych ymlaen yn eiddgar at y wers, ac yn gobeithio cael dysgu sut i chwarae llawer o gêmau gwahanol. Roedd e wrth ei fodd yn rhedeg, ac yn gallu gwibio'n gyflym iawn gan ei fod yn gorfod rhedeg ar ôl Sali'r gwningen yn aml. Roedd e hefyd yn gallu dringo fel mwnci, gan fod digon o lefydd i ymarfer dringo ar greigiau garw'r Tanfyd. Ond roedd gêmau tîm yn fater gwahanol. Roedd ei dad wedi dangos iddo sut i chwarae pêl-droed, ac roedd e'n gwylio llawer o gêmau ar y we, ond doedd e erioed wedi cael cyfle i chwarae pêl-droed fel aelod o dîm.

'Reit 'te Blwyddyn 6,' meddai Mrs Puw, 'brysiwch nawr i newid. Llai o siarad. Os oes ganddoch chi sgidiau pêl-droed, gwisgwch nhw; fel arall, gwisgwch eich trênyrs.'

'Hwrê! Pêl-droed!' gwaeddodd Aled, a oedd yn chwaraewr penigamp. 'Ga i fod yn gapten? Gaiff Iolo fod yn fy nhîm i?'

'*Fi* sy'n dewis y timau,' atebodd Mrs Puw. 'Tîm un a thîm dau.'

'Oooo!' ebychodd Aled yn bwdlyd.

Roedd e'n fachgen cystadleuol iawn, ac

roedd yn gas ganddo gael chwaraewyr gwael yn ei dîm.

Estynnodd Ifan ei esgidiau pêl-droed du ac aur o'i fag. Roedden nhw'n newydd sbon, a doedd e erioed wedi'u gwisgo nhw.

'Waaaw! Mae 'da ti'r sgidiau Teigr diweddaraf!' ebychodd Rhys, oedd yn newid wrth ei ochr. 'Do'n i ddim yn gwybod eu bod nhw'n gwneud rhai i blant!'

Gwridodd Ifan. Oedd, roedd ei esgidiau newydd yn rhai drud dros ben, ac roedd e wedi gweld chwaraewyr bydenwog yn gwisgo rhai tebyg. Bu Ifan yn ddigon lwcus i'w cael nhw'n anrheg penblwydd gan Mr Caradog, rheolwr y Tanfyd.

'Wel, mae rhywun fan hyn yn cael ei sbwylio'n rhacs!' meddai Iolo, a thinc o eiddigedd yn ei lais.

Gwenodd Ifan yn swil, cyn gorffen gwisgo a dilyn gweddill y dosbarth allan i'r cae chwarae.

'Un, dau, un, dau . . . Cofiwch eich rhifau ac ewch i sefyll wrth ymyl aelodau eraill eich tîm,' bloeddiodd Mrs Puw, gan roi tap ysgafn ar ben pob plentyn wrth roi eu rhifau iddyn nhw.

Yn nhîm rhif dau roedd Ifan. Gwenodd wrth sylweddoli bod Alys yn ei dîm e, ond doedd Aled ddim yn gwenu.

'O na!' wfftiodd Aled, wrth weld Ifan yn dod tuag ato. 'Dwi yn yr un tîm â'r bachgen newydd! Mae e'n edrych fel reial dripsyn! Ac mae Alys Sbecs yn aelod hefyd! 'Sdim gobaith i ni ennill heddiw!'

'Hei!' atebodd Ifan, gan wenu. 'Falle 'mod i'n chwaraewr da iawn! Dwyt ti ddim wedi 'ngweld i'n chwarae eto!'

Ond teimlodd Ifan ei galon yn suddo. Un peth oedd cicio pêl a chael hwyl gyda'i dad yn yr ardd gefn, ond mater arall oedd chwarae mewn tîm o blant yr un oed ag e. Ac yn anffodus, cafodd Aled ei brofi'n gywir. *Roedd* Ifan yn anobeithiol, ac roedd Alys hyd yn oed yn waeth. Hi oedd y gôl-geidwad, ac fe adawodd y bêl i mewn i'r rhwyd bob tro.

'Beth wyt ti'n neud, Ifan?!' sgrechiodd Aled, wrth weld Ifan yn ceisio cicio'r bêl i mewn i'w gôl ei hun. 'Ddylet ti fod yn cicio'r bêl i ben arall y cae, y twpsyn!'

'Sori,' atebodd Ifan, gan redeg ar ôl y bêl yn wyllt. Yn ei ddryswch, cododd y bêl a'i thaflu at Aled.

'Aaaa! Beth wyt ti'n neud nawr? Chei di ddim cyffwrdd yn y bêl â dy ddwylo, y penci gwirion! *Hand ball* yw hynny! Alla i ddim credu hyn!

Miss, dyw hyn ddim yn deg! Pam mae'n rhaid i mi fod yn y tîm yma?'

'Bydd dawel, Aled. Paid â bod mor gas. Ifan – rho'r bêl i lawr. Nid gêm o rygbi yw hon, cofia. Dyna ni . . . cic gosb i Dîm Un nawr . . .'

Erbyn diwedd y gêm, roedd dagrau yn llygaid Aled. Allai e ddim credu bod ei dîm e wedi chwarae mor wael. Y sgôr terfynol oedd 25–0 i Dîm Un!

'Sori, Aled,' meddai Ifan yn stafell newid y bechgyn. 'Dwi erioed wedi chwarae pêl-droed o'r blaen.'

'Paid â dweud celwydd! Dyna esgus hurt! Mae PAWB wedi chwarae pêl-droed rhywbryd.'

'Naddo wir! Dim ond yn yr ardd gyda Dad. Achos . . . wel . . . roedden ni'n arfer byw . . . dramor, ti'n gweld. A doedd dim plant eraill yn byw'n agos aton ni, a neb i chwarae gyda fi.'

'Hm.'

Trodd Aled ei gefn arno'n bwdlyd, ac aeth i sefyll o flaen y drych er mwyn clymu'i dei. Dechreuodd Ifan blygu'i ddillad chwaraeon, a'u rhoi yn ei fag ysgol. Ond, wrth iddo geisio cau'r sip, llithrodd ei ffôn symudol allan o'r boced flaen. Glaniodd y ffôn – CLATSH! – ar y llawr teils caled.

Tawelodd y stafell, a syllodd pawb yn syn ar y ffôn arian disglair ar ganol y llawr. Rhuthrodd Ifan tuag ato, a'i godi'n gyflym. Dylai fod wedi ei gadw mewn poced fwy diogel y tu mewn i'w fag, rhag i neb ei weld. Er bod y ffôn yn edrych yn fychan a thwt ar yr olwg gyntaf, roedd yn declyn pwerus iawn, er mwyn i Ifan fedru cysylltu â'i rieni yn y Tanfyd ar unwaith pe bai problem. Roedd sglodyn arbennig yn y ffôn hefyd, er mwyn i rieni Ifan wybod ble roedd e bob munud o bob dydd.

'Waw! Beth yw hwnna? Dwi erioed wedi gweld ffôn fel 'na o'r blaen. Mae'n denau iawn, on'd yw e? A beth yw'r botwm 'ma yn fan hyn?' holodd Iolo, gan estyn ei fys mawr at y botwm coch ar ganol y ffôn – y botwm argyfwng.

Stwffiodd Ifan ei ffôn i'w fag yn gyflym, gan fwmial, 'Dyw e'n ddim byd arbennig . . . ges i fe pan o'n i'n byw dramor. Maen nhw'n rhad iawn . . . dramor.'

'Gad i fi weld! Gad i fi weld!' meddai Iolo'n ddiamynedd, gan estyn ei law allan am y ffôn.

'Ym, rywbryd eto . . . mae'n rhaid i fi fynd nawr.'

'Ifan, gad i fi weld dy ffôn di – NAWR!'

Cydiodd Iolo yn llawes Ifan, a syllu arno â'i lygaid tanllyd.

'Sori Iolo – rywbryd eto,' atebodd Ifan, gan geisio swnio'n hapus a didaro. 'Dwi'n cwrdd â rhywun amser chwarae. Hwyl!'

Ond roedd Iolo'n benderfynol o gael ei fachau ar y ffôn. Yn sydyn, cydiodd yng nghlustiau Ifan a'u troi nes gwneud iddo sgrechian dros bob man. Yna, cipiodd y ffôn o'i fag.

'Dere â'r ffôn 'na'n ôl, Iolo!' gwaeddodd Ifan yn wyllt. 'Neu . . .'

'Neu beth?' gofynnodd Iolo, gan grechwenu.

'Neu . . . neu . . . fe wna i . . . hyn!'

Ar hynny, lapiodd Ifan ei freichiau o gwmpas coesau Iolo, a chodi'i gorff dros ei ysgwydd. Yna, dechreuodd ei droi rownd a rownd yn yr awyr, a'i ollwng ar ei ben-ôl fel sach o datws. Cyn i Iolo gael cyfle i godi ar ei draed, roedd Ifan wedi diflannu drwy'r drws.

'Dere 'nôl! Dere 'nôl fan hyn os wyt ti eisie ffeit!' gwaeddodd Iolo'n ddig.

Ond chlywodd Ifan mohono. Roedd e eisoes wedi cyrraedd y cae chwarae, lle roedd Mr Jones y prifathro'n cadw golwg ar bawb.

'Ffiw!' meddai Ifan wrtho'i hun. 'Roedd hynna'n agos . . .'

Doedd e ddim wedi bwriadu defnyddio'i sgiliau hunan-amddiffyn yn yr ysgol, ond roedd yn rhaid iddo gadw'i ffôn yn ddiogel bob amser. Byddai ei rieni'n gandryll pe baen nhw'n gwybod bod plant eraill wedi gweld y teclyn gwerthfawr! Beth petaen nhw wedi dod i wybod am ei gartref yn y Tanfyd? Meddyliodd am eiriau ei dad wrtho y bore hwnnw, wrth iddo gychwyn ar ei daith i'r ysgol:

'Cofia fihafio, Ifan. Os byddi di'n mynd i drwbwl, bydd raid i ti adael yr ysgol, a chael gwersi yn y Tanfyd unwaith eto. Dwi'n siŵr nad wyt ti eisiau i hynny ddigwydd . . .'

Nac oedd, doedd Ifan yn bendant ddim eisiau gadael yr ysgol.

Roedd e'n ddiogel . . . am y tro.

'Ond bydd raid i mi fod yn llawer mwy gofalus o hyn ymlaen,' meddai wrtho'i hun.

3

'Edrychwch pwy sy'n dod heddi 'to! Ben 10 ei hunan! Neu ife Action Man wyt ti?'

Cododd Ifan ei ben a gwenu'n wan ar Iolo wrth gerdded ar hyd eil y bws ysgol, cyn symud yn gyflym i eistedd wrth ochr Alys.

'Mae'n meddwl 'i fod e'n reial boi ar ôl 'y ngwthio i ddoe,' meddai Iolo wrth y bechgyn eraill yn y sedd gefn. 'Ond does neb yn 'y nhrin i fel 'na. Parch . . . dyna'r peth.'

'Anwybydda fe,' meddai Alys, wrth weld yr olwg ofidus ar wyneb Ifan. 'Dwi'n siŵr na wnaiff e ddim byd i ti. Rwyt ti'n amlwg yn gallu edrych ar ôl dy hunan. Roist ti dipyn o sioc iddo fe ddoe, chwarae teg i ti!'

Ond roedd hi'n anodd i Ifan anwybyddu'r bwli mawr yn y cefn; roedd yn dal i siarad amdano, a'i lais yn llawn dicter.

'Pwy yw'r Ifan 'ma, 'ta beth?' meddai Iolo, gan edrych ar y bechgyn eraill, i wneud yn siŵr bod pawb yn gwrando arno. 'O ble daeth e? Mae rhyw olwg od iawn arno fe. Dwi'n siŵr 'i fod e'n cuddio rhywbeth. Byw dramor, wir! Hy! Ond ble? A phwy ddysgodd e i godi pobl ar ei ysgwydd fel 'na? Does neb – ERIOED – wedi fy maeddu i o'r blaen! A'r ffôn rhyfedd 'na. Pam roedd e'n gwrthod gadael i mi 'i weld e? Hy! Dwi ddim yn credu mai ffôn go iawn oedd e. Falle bod bom ganddo fe, ac mai'r ffôn sy'n rheoli'r bom! Falle bod 'i rieni e'n bobl ddrwg iawn . . . yn derfysgwyr neu rywbeth!'

Erbyn hyn, roedd y bechgyn eraill yn dawel, ac yn syllu arno'n gegrwth.

'Falle . . .' meddai Iolo wedyn, ar ôl saib dramatig, 'falle bod Ifan am drio ein lladd ni i gyd!'

'O na!' meddai Aled, mewn llais crynedig.

Trodd Ifan i edrych arno, a synnu wrth weld y dagrau'n cronni yn ei lygaid.

'Paid â bod yn hen fabi, Aled!' meddai Alys.

'Cau dy geg, Alys Sbecs!' atebodd Iolo'n ddig.

'Na, bydd di'n dawel, Iolo! Rwyt ti'n un da i siarad am rieni pobl eraill! Mae dy dad di wedi bod yn y carchar am ymladd!'

'Ddywedes i wrthot ti am gau dy geg!' meddai Iolo, gan roi dyrnaid egr i gefn sedd Alys. Doedd e ddim yn hoffi clywed pobl yn sôn am ei dad.

Gan synhwyro bod Iolo ar fin colli'i dymer yn llwyr, eisteddodd pawb 'nôl yn eu seddau mewn tawelwch nes i'r bws gyrraedd yr ysgol.

'Mmm! Mae hwn yn flasus iawn!'

Roedd Ifan yn eistedd gyda phlant eraill o'i ddosbarth, yn bwyta'i ginio ysgol. Cig eidion, tatws stwnsh, moron, pys a grefi oedd ar y fwydlen heddiw, ac roedd Ifan wrth ei fodd. Edrychodd pawb yn syn arno'n llowcio'i fwyd fel petai ar lwgu – doedd neb arall yn credu bod y cig sych a'r llysiau llipa mor flasus â hynny. Ond doedd Ifan erioed wedi bwyta cinio rhost o'r blaen.

'Ga i fwy o'r saws brown 'na, plîs?' gofynnodd.

'Saws brown?! Grefi ti'n feddwl, ife?' atebodd Aled, gan basio'r jwg iddo.

'Ha ha! Saws brown! Un rhyfedd wyt ti!' meddai Rhodri, a dechreuodd pawb chwerthin.

Chwarddodd Ifan hefyd, gan esgus ei fod wedi dweud hynny'n fwriadol. Ond gwnaeth nodyn yn ei feddwl i gofio'r gair 'grefi'.

Crymbl rhiwbob a chwstard oedd y pwdin, ac fe lowciodd Ifan y cyfan gan lyfu'i wefusau. Bendigedig! Byddai wedi dwlu cael rhagor, ond doedd e ddim am godi cywilydd arno'i hun eto.

Roedd cael bwyd ffres fel hyn yn brofiad newydd iddo. Oherwydd nad oedd siopau bwyd yn y Tanfyd, roedd dyn o'r enw Dr Mihangel yn paratoi bwyd arbennig i'r bobl oedd yn byw yno, ac roedd pawb yn cael yr un peth. Diod lympiog o'r enw maethlaeth oedd i frecwast – stwff tebyg i uwd, ond ei fod yn drewi fel hen gaws seimllyd. Amser cinio, roedden nhw'n cael cawl porffor o'r enw llymymru, oedd yn blasu fel betys a moron, a'u swper oedd cawl gwyrdd sgleiniog o'r enw plopach; roedd yn edrych fel bara lawr ac yn blasu fel bresych.

Doedd neb yn siŵr iawn beth oedd yn y bwyd, ond yn ôl Dr Mihangel roedd e'n llawn fitaminau a haearn a phopeth arall oedd yn angenrheidiol i gadw pawb yn iach. Hefyd, roedd Mr Caradog yn credu mai gwastraff amser oedd eistedd i lawr wrth y bwrdd a chnoi bwyd, felly doedden nhw ddim yn cael unrhyw fwyd sych heblaw am damaid o ryw fara rhyfedd bob nos Wener. Roedd hwnnw'n plygu ac yn ymestyn fel rwber, a doedd e ddim yn troi'n friwsion. Yn ôl Mr Caradog, roedd briwsion a sbarion bwyd yn beryglus achos bydden nhw'n denu llygod mawr i'r Tanfyd. Roedd yn rhaid bwyta'r cyfan, er bod y maethlaeth yn aml yn codi cyfog ar Ifan yn y bore.

Hawdd deall, felly, pam fod Ifan wrth ei fodd â'i ginio ysgol. Ond doedd pethau ddim yn ddrwg i gyd. Bob hyn a hyn, pan fyddai'n rhaid i Elin Hopcyn fynd i gyfarfod pwysig ar wyneb y ddaear, byddai hi'n sleifio ychydig o bethau blasus yn ôl gyda hi – ffrwythau ffres, teisennau, a hoff fwyd Ifan yn y byd i gyd, sef bisgedi siocled. Ond doedd hynny ddim yn digwydd yn aml iawn.

Mwynhaodd Ifan weddill y prynhawn yn yr ysgol ond, heb os, y cinio oedd uchafbwynt y diwrnod iddo. Pan gyrhaeddodd Ifan adref i'r Tanfyd, y peth cyntaf a wnaeth oedd rhoi disgrifiad manwl i'w fam o'r cinio rhost a'r pwdin blasus gyda'r saws melyn melys.

'O, crymbl a chwstard,' atebodd ei fam. 'Dwi innau'n hoffi crymbl a chwstard hefyd.'

'Wel pam nad 'yn ni byth yn 'i gael e gartre 'te? A pham nad 'yn ni'n cael cinio rhost?'

'Dwi wedi dweud wrthot ti o'r blaen, Ifan bach. Mae'n rhaid i ni fwyta bwyd arbennig

Dr Mihangel. Does dim ysbyty yma, felly mae'n bwysig i ni gadw mor iach â phosib.'

'Ond dwi'n siŵr na fyddai'n gwneud drwg i ni gael pethau blasus nawr ac yn y man,' ochneidiodd Ifan.

'Ry'n ni'n gwneud gwaith pwysig iawn yma,' meddai ei fam wrtho. 'Cofia di hynny, Ifan. Ry'n ni'n helpu i greu gwlad newydd, ddiogel i bobl Cymru.'

'Iawn, dwi'n deall hynny,' atebodd Ifan. 'Ond weithie byddai'n neis cael bywyd . . . normal . . . fel pawb arall. Mae pawb arall yn yr ysgol yn mynd allan i chwarae pêl-droed ar ôl ysgol, yn mynd i glwb drama, neu i dai ei gilydd i chwarae ar eu cyfrifiaduron. Dwi'n gorfod aros fan hyn, ar ben fy hun bob nos.'

'Dwyt ti ddim ar ben dy hun, cariad! Mae gen ti Dad a fi . . . a Sali wrth gwrs. Mae hi'n gwningen arbennig iawn.'

Ar hynny, sbonciodd Sali i mewn i'r lolfa. Cododd Ifan hi, ei rhoi i eistedd yn ei gôl, a gwenu wrth fwytho'i chlustiau.

'Dwi'n dwlu ar Sali, Mam. Ond alla i ddim cael sgwrs gyda chwningen . . . Pam na chaiff un o fy ffrindiau newydd i ddod yma i gael te?'

'Ti'n gwybod na fydd hynny'n bosib, cariad bach.'

'Plîs, Mam?' erfyniodd Ifan.

'Byddai'n ormod o risg, sori.'

'O! Dyw hyn ddim yn deg!' llefodd Ifan, gan daro'i law yn ddiamynedd ar fraich y soffa.

'Beth am dy ffrindiau di o'r Tanfyd? Melangell a Mererid a Tomi Bach?'

Efeilliaid pump oed oedd Melangell a Mererid, ac roedd Tomi Bach yn byw y drws nesaf i Ifan a'i rieni.

'Mae Melangell a Mererid mor *boring*! Does ganddyn nhw ddim diddordeb mewn unrhyw beth heblaw chwarae gyda doliau. A babi yw Tomi – dim ond dwyflwydd oed yw e! Mae e'n chwalu fy modelau lego i gyd ac yn crio drwy'r amser. Does gen i ddim ffrindiau o gwbl yn y Tanfyd!'

'Ifan! Llai o'r cwyno 'ma, plîs. Rwyt ti'n fachgen lwcus iawn. Cofia di hynny. Beth am dy gyfrifiadur newydd sbon? A'r sgidie pêl-droed drud 'na gest ti ar dy ben-blwydd? Byddai'r rhan fwyaf o fechgyn dy oed di'n dwlu cael sgidie fel 'na! Mae gen ti bopeth!'

'Popeth . . ?' Ceisiodd Ifan dorri ar ei thraws, ond aeth ei fam yn ei blaen.

'Ifan bach. Er dy les di ry'n ni'n byw fan hyn yn y Tanfyd. Mae wyneb y ddaear yn hen le peryglus. Bu bron i ti gael dy ladd mewn damwain car pan oeddet ti'n fabi bach – ydw i wedi sôn am hynny wrthot ti o'r blaen?'

'Do, Mam. Sawl gwaith.'

'Wel, mae 'na lawer gormod o beryglon ar wyneb y ddaear. A llawer gormod o bobl ddrwg. Ac yn ôl Mr Caradog, mae 'na lifogydd ofnadwy yn mynd i ddigwydd dros y blynyddoedd nesaf, a bydd miloedd o bobl yn colli'u cartrefi. Ry'n ni'n saff yma, Ifan, ac mae gyda ni gartref diogel a chlyd.'

'Ond pam na allwn ni fyw ar wyneb y ddaear, a bod Dad a tithau'n dod lawr i'r Tanfyd bob bore i'r gwaith?'

'Fyddai Mr Caradog byth yn gadael inni wneud hynny. Meddylia pa mor anodd fyddai cadw'r Tanfyd yn gyfrinach oddi wrth ein cymdogion a'n ffrindiau! Byddai pawb eisiau dod yma i fusnesu . . . ac mae Mr Caradog yn mynnu bod yn rhaid inni gadw popeth yn gyfrinach nes bod y gwaith o adeiladu'r Tanfyd wedi dod i ben.'

'Ond . . .'

'Ry'n ni'n gwneud gwaith pwysig i helpu pobl

Cymru, Ifan. Cofia di hynny. A meddylia am yr arian ry'n ni'n ei ennill! Ffortiwn! Pan fydd y Tanfyd yn barod, gallwn ni fynd 'nôl i wyneb y ddaear a bydd digon o arian gyda ni i gael unrhyw beth, bron.'

'Beic?'

'Wrth gwrs y cei di feic.'

'Wal ddringo?'

'Ie, iawn, wrth gwrs.'

Gwenodd Ifan am eiliad wrth feddwl am gael y pethau hynny. Ond eto . . . byddai'n llawer gwell ganddo wneud hebddyn nhw, a chael cwmni ffrindiau yr un oed â fe'i hun.

Yn nes 'mlaen y noson honno, pan oedd Ifan a'i dad yn ymlacio o flaen y teledu, neidiodd Ifan o'i sedd wrth deimlo'r llawr yn crynu oddi tano. Yn sydyn, gwelodd fwg gwyrdd trwchus y tu allan i'r ffenestr, a rhedodd ias i lawr ei asgwrn cefn. Roedd y bresychgar ar y ffordd – car Mr Caradog, rheolwr y Tanfyd; car arbennig oedd yn defnyddio sudd bresych fel tanwydd yn hytrach na phetrol. Doedd neb yn cael defnyddio petrol yn y Tanfyd, rhag ofn y byddai'r nwyon yn gwenwyno pawb. Roedd y bresychgar yn gwneud sŵn ofnadwy – yn gwichian ac yn rhochian fel mochyn mewn poen – ac roedd y mwg yn arogli'n llawer gwaeth na thai bach y bechgyn yn yr ysgol, hyd yn oed.

BANG BANG! Daeth cnoc ar y drws. Gwingodd Ifan. Dim ond Mr Caradog oedd yn curo'n awdurdodol fel yna. Cododd Dafydd Hopcyn o'i gadair freichiau i agor y drws.

'Noswaith dda, Mr Hopcyn. Sut mae pethau heno? Noson hyfryd, on'd yw hi?' meddai Mr Caradog, yn ei lais tenau, cras. Yn ei freichiau cariai Isabela, ei gwningen anwes yntau. Cwningen wen oedd hi, a llygaid bach coch oedd yn syllu'n ddig ar bawb a phopeth. Roedd ganddi goler binc, wedi'i haddurno â diemwntau gwerthfawr.

'Wel, mae hi bob amser yn gynnes braf yn y Tanfyd . . .'

'Digon gwir, Mr Hopcyn,' atebodd, gan grawcian chwerthin fel brân ac annwyd arni. Edrychai'n ddigon tebyg i frân hefyd, â'i drwyn pigfain a'i siwt ddu sgleiniog.

'Sut mae'r crwtyn bach heno?' holodd wedyn, gan bwyso'i law ar ysgwydd Dafydd Hopcyn.

Crwtyn bach? Digiodd Ifan. Doedd e ddim yn grwtyn bach rhagor. Roedd e'n un ar ddeg oed!

'O, mae Ifan yn dda iawn, diolch, Mr Caradog. Ym . . . gawsoch chi'r neges?'

'Do, do . . . dyma fe i chi.'

'Diolch yn fawr. Ifan! Ifan! Dere 'ma! Mae gan Mr Caradog rywbeth i ti.'

Ochneidiodd Ifan. Doedd ganddo ddim amynedd i sgwrsio gyda Mr Caradog. Ych a fi! Roedd ei anadl yn drewi'n ofnadwy, achos ei fod e'n yfed diod arbennig yn llawn garlleg a gwymon bob dydd. Yn ôl y sôn, roedd Dr Mihangel yn paratoi'r ddiod iddo er mwyn ei gadw'n ifanc am byth. Roedd Mr Caradog hefyd yn defnyddio eli arbennig bob dydd i gadw'i groen yn llyfn. Roedd yn rhwbio'r eli ar ei wyneb am oriau, nes bod ei groen yn binc ac yn sgleiniog fel cimwch. Ych – roedd Ifan yn casáu Mr Caradog. Ond cododd, yn anfoddog, oddi ar y soffa.

'Noswaith dda, Ifan bach,' meddai Mr Caradog, gan fwytho'i wallt.

Gwenodd Ifan yn wan. Roedd yn gas ganddo bobl yn potsian â'i wallt.

'Noswaith dda, Mr Caradog,' atebodd yn dawel.

'Wel, Ifan,' meddai ei dad. 'Mae Mr Caradog wedi dod â rhywbeth arbennig iawn i ti. Edrych!'

Estynnodd Mr Caradog flwch lliwgar i Ifan, gan ddweud, 'Ro'n i'n clywed bod angen i ti wella dy sgiliau pêl-droed – felly dyma gêm bêl-droed newydd ar gyfer dy gyfrifiadur di!'

'Diolch yn fawr,' meddai Ifan, gan edrych ar lun capten pêl-droed Cymru ar glawr y gêm Cwpan Cymru. 'Grêt, Mr Caradog,' ychwanegodd yn gwrtais. 'Mae'n edrych yn wych. Mae pawb yn yr ysgol yn siarad amdani.'

Dim ond ers diwrnod neu ddau roedd gêm Cwpan Cymru ar gael yn y siopau, felly gwyddai Ifan ei fod yn lwcus iawn i'w chael . . . ond eto, doedd e ddim yn gwbl fodlon.

Roedd hyn wastad yn digwydd. Bob tro y byddai Ifan yn dweud unrhyw beth gwael am y Tanfyd, byddai Mr Caradog yn ymddangos gydag anrheg iddo. Anrheg i'w gadw'n hapus – am y tro.

'Dwi'n falch bod yr anrheg yn plesio, Ifan bach,' meddai Mr Caradog, gan fwytho'i wallt unwaith eto.

Erbyn hyn, roedd ceg Ifan yn brifo wrth geisio cadw gwên ar ei wyneb.

BÎP BÎP! BÎP BÎP!

Diolch byth, roedd neges bwysig yn fflachio ar ffôn symudol Mr Caradog. Camodd allan o'r tŷ gan weiddi, 'Gwaith yn galw! Da bo chi!' cyn diflannu i mewn i'r bresychgar. Taniodd yr injan, a rhygnodd y car i lawr y stryd, gan chwydu cymylau o fwg gwyrdd dros bob man.

Sychodd Ifan y llwch o'i lygaid, a phesychu i glirio'i lwnc. Roedd rhywbeth od iawn ynghylch Mr Caradog, meddyliodd. Roedd rhyw olwg bell ac oeraidd yn ei lygaid bob amser.

Aeth Ifan â'r gêm i'w stafell, ond penderfynodd fynd yn syth i'w wely. Doedd arno ddim llawer o awydd ei chwarae ar ei ben ei hun.

Roedd hi'n fore dydd Iau, amser gwers ymarfer corff dosbarth 6 Ysgol Cil y Deryn. Ond heddiw, roedden nhw'n gwneud rhywbeth gwahanol i'r arfer. Yn hytrach na chwarae y tu allan neu yn y neuadd, roedden nhw'n mynd ar drip i ganolfan hamdden newydd Cil y Deryn i ddefnyddio'r wal ddringo. Roedd Ifan yn teimlo'n gynhyrfus iawn, gan nad oedd e erioed wedi bod mewn canolfan hamdden o'r blaen. Doedd dim canolfan hamdden yn y Tanfyd eto, a phan fyddai'n mynd ar wyliau i wyneb y ddaear at ei Fodryb Sara, bydden nhw fel arfer yn gwneud gweithgareddau y tu allan er mwyn i Ifan gael digon o awyr iach.

Ar y bws, aeth Ifan i eistedd ar bwys bachgen o'r enw Rhys, a dechreuodd y ddau sgwrsio am gêmau cyfrifiadurol. Pan glywodd Rhys fod gêm Cwpan Cymru gan Ifan, daeth gwên fawr i'w wyneb.

'Waw! Beth yw dy sgôr uchaf di hyd yn hyn?'

'Ym . . . dwi ddim yn cofio,' atebodd Ifan yn betrusgar. Doedd e ddim am gyfaddef ei fod wedi cael sgôr isel iawn.

'Byddwn i'n dwlu cael tro ar y gêm,' meddai Rhys wedyn, 'ond dyw fy mhen-blwydd i ddim tan fis Mawrth, ac mae Mam yn dweud bod raid i fi aros tan hynny. Ym . . . ti'n meddwl allen i ddod draw i dy dŷ di i gael gêm gyda ti?'

Rhewodd Ifan. Doedd e ddim yn siŵr sut i ateb y cwestiwn. Doedd e ddim eisiau creu rhagor o elynion yn yr ysgol – roedd cael Iolo'n ei bryfocio'n ddigon drwg. Ond eto, fyddai ei fam byth yn gadael i Rhys ddod i'r Tanfyd.

'Wel . . . iawn . . . falle,' mwmialodd, 'ond bydd raid i fi holi Mam. Mae hi'n gweithio'n galed iawn ar hyn o bryd, a falle na fydd hi eisie i mi gael plant eraill draw.'

'O, iawn. Ocê. Dim problem.'

Gwenodd Rhys, ond gallai Ifan weld y siom yn ei lygaid.

Cyn gynted ag y cyrhaeddodd y bws y ganolfan hamdden, dechreuodd y plant godi o'u seddi a rhuthro'n swnllyd i flaen y bws. Roedd hyd yn oed Alys, a oedd yn casáu chwaraeon o unrhyw fath, yn ysu am gael gweld canolfan hamdden newydd Cil y Deryn.

'Eisteddwch! Eisteddwch, Flwyddyn 6!' bloeddiodd Mrs Puw, gan chwifio'i dwylo'n wyllt. 'Dwi ddim eisiau i bawb ruthro i mewn fel anifeiliaid! Gan bwyll bach, nawr! Os na fyddwch chi'n bihafio, byddwn ni'n mynd yn syth 'nôl i'r ysgol!'

Tawelodd pawb a dilyn Mrs Puw allan o'r bws mewn rhes daclus.

Wrth gerdded ar hyd balconi eang i stafell newid y bechgyn, edrychodd Ifan mewn rhyfeddod ar y pwll nofio islaw, yn llawn llithrennau a fflotiau lliwgar. Roedd lliwiau llachar ym mhobman – mor wahanol i'r Tanfyd lle roedd pawb yn eu dillad llwyd. Yna, i mewn â nhw i'r stafell newid lle gwisgodd pawb eu siorts a'u crysau-T, cyn mynd i lawr y grisiau i'r stafell ddringo.

'Waw!' ebychodd Ifan, wrth weld creigiau ffug o bob lliw yn gorchuddio'r waliau uchel.

'Waw!' gwatwarodd Iolo mewn llais gwichlyd, dwl, gan syllu'n fygythiol ar Ifan. 'Dwyt ti erioed wedi gweld wal ddringo fel hyn o'r blaen?'

Gwridodd Ifan, ond cyn iddo gael cyfle i ateb

Iolo curodd Mrs Puw ei dwylo i dynnu sylw'r dosbarth, a gofyn i bawb ffurfio partneriaid. Gwelodd Ifan fod Alys yn sefyll ar ei phen ei hun, ac aeth yn syth ati. Gwenodd Alys. Fel arfer, doedd neb eisiau bod yn bartner iddi mewn gwers chwaraeon.

'Dwi ddim yn edrych ymlaen at hyn,' cyfaddefodd Alys.

'Byddi di'n iawn. Dwi'n siŵr y bydd e dipyn yn haws nag wyt ti'n feddwl.'

Gwenodd Ifan arni, a rhoi ei law ar ei hysgwydd yn garedig. Yna, mewn chwinciad, roedd wedi clymu harnais Alys yn dynn, a gosod yr helmed ar ei phen. Roedd e'n gyfarwydd iawn ag offer dringo, ar ôl blynyddoedd o ymarfer dringo i fyny waliau'r Tanfyd gyda'i dad.

'Www! Edrychwch ar Alys Sbecs gyda'i chariad!' meddai Catrin, oedd yn paratoi i ddringo'r wal nesaf at Alys. Catrin oedd capten y tîm pêl-rwyd, ac roedd hi wastad yn pigo ar Alys oherwydd ei bod hi'n gwbl anobeithiol am chwarae pêl-rwyd.

'Anwybydda hi,' meddai Ifan, wrth weld Alys yn gwrido. 'Jest cer amdani. Defnyddia dy goesau – paid â dibynnu gormod ar dy freichiau i godi dy gorff – a phaid ag edrych i lawr!'

Gwenodd Alys yn nerfus, a dechrau dringo. Symudai'n araf bach i ddechrau, ond yna, wrth iddi fagu mwy o hyder, ymestynnodd ei breichiau'n uwch ac yn uwch. Oedd, roedd hyn yn llawer haws na'r disgwyl, ac oherwydd ei bod hi'n ferch mor ysgafn, roedd hi'n gallu dringo'n llawer cyflymach na phawb – heblaw am Ifan. Wrth gael saib bach i sychu'r chwys oddi ar ei thalcen, mentrodd edrych i lawr yn gyflym. Gwelodd Catrin yn dal i fustachu ar waelod y wal, a'i hwyneb yn fflamgoch.

'Paid ag edrych i lawr! Rwyt ti bron â chyrraedd!' gwaeddodd Ifan.

'Iawn!' atebodd Alys, a chydag un ymdrech fawr, tynnodd ei hun i dop y wal. Gwenodd yn falch, cyn gweiddi 'Hwrê!' Am unwaith, roedd hi wedi llwyddo mewn gwers chwaraeon.

'Dwi wedi cael digon! Dwi'n moyn dod lawr!' gwaeddodd Catrin. Roedd hi wedi cyrraedd canol y wal, ond yn teimlo'n rhy flinedig i ddringo'n uwch. Edrychodd i lawr am eiliad ar y plant eraill oddi tani, a dechreuodd ei chorff grynu mewn ofn.

'Help! Helpwch fi!' bloeddiodd, a'r dagrau'n cronni yn ei llygaid.

Ceisiodd Alys beidio â chwerthin am ei phen,

ond roedd yn anodd peidio wrth weld Catrin yn ymddwyn mor blentynnaidd.

Tro Ifan oedd hi i ddringo nawr. Gofynnodd am gael dringo'r wal uchaf.

'Dim gobaith,' atebodd Osian, yr hyfforddwr. 'Mae'n rhaid i bawb ddechrau ar y wal isaf.'

'Ond dwi'n gallu dringo'n dda . . .'

'Na chei. Dere nawr. Cer i fyny hon i ddechrau, a falle wedyn gei di symud 'mlaen i'r un nesaf.'

'Iawn,' atebodd Ifan yn siomedig, cyn camu at y wal isaf.

Rhoddodd ei ddwylo mewn hollt yn y graig a'i draed ar lwmp o graig ar waelod y wal . . . ac yna, gyda thri symudiad rhwydd, roedd ar y copa!

'Waw!' ebychodd Osian. 'Rwyt ti'n wych! Beth yw dy enw di?'

'Ifan.'

'Ble ddysgaist ti ddringo fel 'na, Ifan?'

'Ym . . . dramor. Ro'n i'n arfer byw dramor, yn y mynyddoedd.'

'Ble? Pa fynyddoedd?'

Meddyliodd Ifan yn galed. Pa fynyddoedd oedd e'n gwybod amdanyn nhw? Yna, cofiodd am luniau o'r Alpau y bu'n edrych arnyn nhw gyda'i dad.

'Yr Alpau.'

'O! Hyfryd! Ym mha wlad oeddet ti? Dwi'n eitha cyfarwydd â'r Alpau.'

'Ym . . . Sbaen.' Roedd wyneb Ifan yn fflamgoch. Roedd yn gas ganddo ddweud celwydd.

'Sbaen? Ond . . . dyw'r Alpau ddim yn Sbaen!'

'Sori, Ffrainc ro'n i'n feddwl. Dwi'n drysu weithiau . . . wedi byw mewn lot o lefydd gwahanol.'

'O, dyna ni. Wel Ifan, falle y byddai'n syniad da i ti ddod i'r clwb dringo yma yn y ganolfan. Ry'n ni'n cwrdd bob nos Lun am saith o'r gloch. Rwyt ti'n arbennig o dda.'

'Diolch. Ym . . . ie . . . falle y dof i.'

Gwenodd Ifan, ond yna ochneidiodd. Gwyddai mai 'na' fyddai ateb ei fam. Fyddai hi ddim yn fodlon iddo adael y Tanfyd gyda'r nos.

Ar ôl i bawb gael tro yn dringo un neu ddwy o'r waliau (heblaw am Ifan, a ddringodd bob un) daeth y sesiwn i ben, ac aeth y plant i newid i'w gwisg ysgol. Dechreuodd y bechgyn siarad am gêm Cwpan Cymru.

'Mae Ifan wedi cael copi o'r gêm yn barod,' meddai Rhys, wrth glymu'i dei.

'Wyt ti, Ifan?' meddai Aled yn llawn cyffro.

'Ti'n fachgen lwcus!' meddai Iolo'n sarcastig, gan ysgyrnygu'i ddannedd. 'Rwyt ti'n hollol anobeithiol am chwarae pêl-droed, ond er hynny mae Mami a Dadi wedi prynu esgidiau pêl-droed Teigr a gêm Cwpan Cymru i Ifan bach!'

'Ydw, dwi'n lwcus,' atebodd Ifan, gan deimlo'i wyneb yn cochi.

'Mae Ifan wedi dweud y galla i fynd draw i'w dŷ e i chwarae'r gêm . . .' meddai Rhys.

'Wel . . . cei . . . rhywbryd . . .' mwmialodd Ifan, a thinc o bryder yn ei lais. Roedd e wedi gobeithio y byddai Rhys wedi anghofio am y peth erbyn hyn.

'O! Ga i ddod hefyd?' holodd Aled yn gyffro i gyd.

'A fi?' bloeddiodd Owain, o gefn y stafell newid.

'Ym . . . gawn ni weld. Dyw fy stafell wely i ddim yn fawr iawn, felly fydd dim lle i bawb ddod yr un pryd,' atebodd Ifan gan wenu'n nerfus.

'Wel, fi ofynnodd gyntaf, felly fi sy'n cael dod gyntaf, ontefe, Ifan?' meddai Rhys.

'Hmm, ie,' meddai Ifan cyn diflannu i'r tŷ bach, rhag ofn i rywun arall ofyn am gael dod i'w gartref i chwarae'r gêm.

Tra oedd e'n eistedd yn y tŷ bach, clywodd Iolo'n siarad amdano.

'Dwi'n dweud wrthoch chi 'to – mae rhywbeth od iawn am yr Ifan 'na. Mae'n ymddwyn yn rhyfedd iawn, fel tasai e'n cuddio rhywbeth. Dyw e ddim fel tase fe am i neb fynd i'w dŷ e. Mae'n siŵr bod ei rieni'n gyfoethog iawn, a bod y lle'n llawn trysorau gwerthfawr. Falle eu bod nhw'n lladron hyd yn oed . . . a beth oedd y rwtsh 'na am fyw yn Sbaen ac yna yn Ffrainc? Ydy wir, mae e'n od iawn . . . Ac mae e'n gwynto'n rhyfedd – gwynt llwch, neu faw neu rywbeth . . .'

Gwynto'n rhyfedd? Suddodd calon Ifan, a theimlai ei wyneb yn cochi eto. Efallai fod hynny'n wir. Er ei fod yn cael cawod bob dydd, roedd ei ddillad yn arogli'n wahanol i rai pawb arall oherwydd bod pawb yn defnyddio peiriant o'r enw dwmbwr dambar i sychu dillad yn y Tanfyd. Fel y bresychgar, roedd y dwmbwr dambar yn llosgi sudd bresych fel tanwydd, felly byddai arogl y bresych yn aml yn treiddio i mewn i'w ddillad.

Ar ôl ychydig funudau, daeth bloedd o'r stafell newid.

'Brysia, Ifan! Ti'n iawn? Beth wyt ti'n wneud yn y tŷ bach 'na? Dere! Bydd y bws yn gadael mewn pum munud.'

'Iawn Rhys, bydda i yna nawr!' gwaeddodd yn sionc, er ei fod e'n teimlo'n ddigalon iawn.

Whiw-whiw-whiw!

Sgrechiodd y larwm tân drwy'r Tanfyd. Heb oedi, cododd Ifan a'i rieni ar eu traed a cherdded allan o'r tŷ. Roedd ymarfer tân yn digwydd yn y Tanfyd am chwech o'r gloch bob nos Wener, felly roedden nhw'n gwybod yn union beth i'w wneud. Aeth y tri yn eu blaenau i ardd Mr Caradog, lle'r oedd yn rhaid iddyn nhw sefyll mewn rhesi trefnus gyda gweddill trigolion y Tanfyd. Yna, daeth Mr Caradog a Dr Mihangel o gwmpas y rhesi, gan syllu'n fanwl ar bawb.

'Ifan Hopcyn!' ebychodd Mr Caradog, ar ôl ei gyrraedd ef a'i rieni. 'Beth yw'r steil gwallt 'na? Does dim *gel* ynddo fe, gobeithio? Rwyt ti'n gwybod nad oes hawl gan neb i ddefnyddio sothach fel *gel* ar eu gwalltiau yn y Tanfyd.'

Rhwbiodd Mr Caradog ben Ifan yn galed. Gwgodd Ifan. Roedd e wedi treulio oesoedd y bore hwnnw'n ceisio copïo steil pigog Aled a Rhys. A nawr roedd Mr Caradog wedi'i wasgu'n fflat fel crempog!

'Does dim *gel* ar fy ngwallt i, Mr Caradog – dim ond dŵr a shampŵ.'

'Wel dydw i ddim eisiau gweld pigau hurt ar dy ben di eto. Nid draenog wyt ti, fachgen! Ac Elin Hopcyn,' meddai wedyn, gan droi at fam Ifan, 'gobeithio nad ydych chi'n gwisgo lipstic?'

'Nac ydw, Mr Caradog – wir!'

'Da iawn. Gwastraff amser yw colur. Amser y dylech chi fod yn ei ddefnyddio'n gweithio!'

'Wrth gwrs, Mr Caradog.'

Roedd wyneb Elin Hopcyn yn goch fel tomato wrth i bawb yn y rhes droi i edrych arni.

Roedd stumog Ifan yn corddi. Roedd yn gas ganddo'r larwm tân – dim ond esgus oedd e i Mr Caradog gael busnesu a chadw golwg ar bawb. Yr unig beth da am yr ymarfer tân oedd bod rhieni Ifan yn gweld eu cymdogion drws nesaf, sef Mr a Mrs Prys, a thrigolion eraill y Tanfyd. Roedd pawb yn gweithio mor galed fel nad oedd cyfle iddyn nhw sgwrsio ar unrhyw adeg arall.

Fore trannoeth, canodd y larwm am hanner awr wedi chwech a rholiodd Ifan allan o'i wely. Ar ôl gosod masg ocsigen ar ei wyneb a'i adael yno am ugain munud, aeth i orwedd o dan y lamp haul. Roedd yn gas ganddo wastraffu ei amser prin yn gwneud hynny bob dydd. Ond gan nad oedd unrhyw heulwen naturiol o gwbl yn y Tanfyd, roedd yn rhaid i bawb oedd yn byw yno ddefnyddio lampau haul er mwyn cael y Fitamin D a'r holl fanteision roedd pawb arall yn eu cael o'r haul.

Ond, wrth gwrs, doedd gorwedd o dan y lamp ddim yn llawer o hwyl. Byddai'n llawer gwell gan Ifan fod o dan heulwen go iawn, yn edrych i fyny ar yr awyr uwchben. Ar ddiwrnod braf, byddai wrth ei fodd yn gorwedd ar ei gefn yng ngardd ei Fodryb Sara, yn chwilio am siapiau angenfilod yn y cymylau. Am funud fach, daeth pwl o hiraeth dros Ifan wrth feddwl am ei fodryb, a'i chartref clyd ar lan y môr. Dim ond am wythnos bob haf roedden nhw'n cael mynd i aros ati, a byddai'r wythnos honno'n gwibio heibio'n llawer rhy gyflym.

Daeth yr awr dan y lamp i ben, ac aeth Ifan i'r lolfa i aros am ei dad. Roedd e wedi addo chwarae pêl-droed gydag Ifan y bore hwnnw, gan fod Ifan yn benderfynol o wella'i sgiliau cyn y wers ymarfer corff ddydd Mawrth. Doedd e ddim am i Aled a phawb arall gael cyfle i wneud hwyl am ei ben unwaith eto.

'Ble mae Dad?' gofynnodd, gan chwilio amdano o gwmpas y stafell.

'Yn y gwaith,' atebodd ei fam. 'Gadawodd e am chwech y bore 'ma, i fynd i weithio ar adeilad newydd i Mr Caradog.'

'Ond mae'n ddydd Sadwrn . . .'

'Wel ydy . . . ond mae e wedi cael cynnig llawer o arian am weithio heddiw.'

'Ond roedd e i fod i chwarae pêl-droed gyda fi. Mae'n rhaid i fi ymarfer – mae'n rhaid i fi chwarae gyda rhywun neu fydda i byth yn gwella!' Ochneidiodd Ifan yn ddwfn.

'O, Ifan bach. Dwi'n anobeithiol am chwarae pêl-droed, felly alla i ddim dy helpu di. Ond beth am i ni fynd am dro yn nes ymlaen?'

'Am dro? I ble? Does dim llawer o lefydd braf i fynd am dro yn y twll lle 'ma.'

'Hei! Does dim angen bod mor bigog! Fe awn ni draw i'r safle adeiladu lle mae Dad yn gweithio heddiw. Gawn ni weld sut mae'r gwaith yn dod yn ei flaen.'

'Iawn . . . wel, mae hynny'n well na bod yn sownd yn y tŷ drwy'r dydd, sbo.'

Yn nes ymlaen y diwrnod hwnnw, aeth Ifan a'i fam ar eu sgwt-sgwtiaid ar hyd y ffordd lychlyd. Math o sgwter oedd y rhain, ond bod ganddyn nhw deiars mawr llydan oedd yn sboncio'n rhwydd dros yr holl gerrig mân yn y Tanfyd. Dim ond Mr Caradog oedd yn cael gyrru bresychgar – byddai'r drewdod yn gwbl annioddefol petai pawb yn gyrru un ohonyn nhw!

Er bod sgwt-sgwtio'n waith caled, roedd Elin Hopcyn yn ddigon hapus i fod heb gar. Doedd hi ddim yn hoffi gyrru byth ers y ddamwain honno, flynyddoedd yn ôl, pan oedd Ifan yn fabi bach.

Aethon nhw heibio tai a charafanau gweithwyr y Tanfyd, a phlasty mawr gwyn Mr Caradog. Yna, ar ôl sgwt-sgwtio am filltir trwy ddim ond twmpathau o lwch, dyma nhw'n cyrraedd y safle adeiladu lle'r oedd tad Ifan yn gweithio.

'Ifan! Beth wyt ti'n wneud yma?' holodd Dafydd Hopcyn yn syn, gan sychu'r chwys a llwch oddi ar ei dalcen.

'Dod i dy weld di, a'r adeilad newydd.'

'Wel dyma fe,' atebodd, gan amneidio at glamp o adeilad mawr crwn, â degau o ffenestri bach ynddo. Hyd yn oed yng ngolau gwan y

Tanfyd, roedd mor ddisglair â darn pum ceiniog newydd sbon.

'Wel? Beth 'ych chi'n feddwl?'

Neidiodd Ifan wrth deimlo llaw Mr Caradog ar ei ysgwydd. Welodd e mohono'n dod tuag atyn nhw – roedd e fel petai wedi ymddangos o nunlle.

'Ym . . . gwych . . .' atebodd Ifan yn ansicr. Roedd yn ysu am gael symud i ffwrdd, gan fod llaw Mr Caradog yn gwasgu'i ysgwydd yn galed. Sylwodd fod Isabela'r gwningen yn ei boced, a'i llygaid bach coch yn sbecian yn slei ar bawb.

'Mr Caradog! Dyna braf eich gweld chi!' meddai Elin Hopcyn, yn fyr ei hanadl ar ôl dilyn ei mab.

'A chithe, Elin . . . ac mae hi bob amser yn bleser gweld Ifan bach, wrth gwrs!' crawciodd, gan rwbio pen Ifan yn chwareus.

'Beth yw'r adeilad yma, Dad?' gofynnodd Ifan, gan geisio symud oddi wrth Mr Caradog.

'Castell.'

'Castell? I bwy?'

'Does gen i ddim syniad. Mae Mr Caradog yn benderfynol o gadw'r cyfan yn gyfrinach ar hyn o bryd.'

'Ydw,' meddai Mr Caradog, gan estyn Isabela o'i boced a'i mwytho'n gariadus.

Roedd gwên fach ddirgel ar ei wyneb. 'Bydd e'n syrpréis. Cewch chi wybod cyn hir, pan fydd e'n barod.'

'Gaf i fynd i mewn gyda ti, Dad?'

'Ym . . .'

Cyn iddo gael cyfle i ateb, torrodd Mr Caradog ar ei draws.

'Mae'n ddrwg gen i,' meddai, gan edrych yn ddifrifol ar y tri, 'ond dyw e ddim yn syniad da i ti fynd i mewn. Mae gan dy dad lawer o waith i'w wneud. Falle y byddai'n well i ti a dy fam fynd adref nawr. Nid parc chwarae yw fan hyn.'

'Ond jyst munud fach fyddwn ni . . .' protestiodd Ifan.

'Na, ddywedais i! Na! Ewch nawr, plîs!'

Edrychodd Elin yn syn ar Mr Caradog. Fel arfer, roedd e'n fwy na pharod i ddangos adeiladau newydd y Tanfyd iddi hi ac Ifan, gan mai Elin oedd wedi cynllunio'r rhan fwyaf ohonyn nhw. Ond, y tro hwn, roedd e'n ymddwyn mewn ffordd ryfedd iawn. Oedd rhywbeth yn bod, tybed? Roedd ei wyneb yn goch, a gwythïen fawr las yn ei dalcen yn pwmpio'n ddig.

'Dere, Ifan,' meddai Elin, gan roi ei braich

yn dyner o amgylch ei mab. 'Dere 'nôl at y sgwt-sgwtiaid. Awn ni adref i gael te. Hwyl, Mr Caradog.'

Ddywedodd Mr Caradog 'run gair. Roedd e wedi dechrau cerdded i ffwrdd, gydag Isabela'n pwyso dros ei ysgwydd fel doli glwt. Edrychodd Ifan arni. Roedd hi fel petai'n ei wylio, a golwg fygythiol yn ei llygaid. Rhedodd ias i lawr ei asgwrn cefn.

Ar ôl sgwt-sgwtio mewn tawelwch am dipyn, dechreuodd Ifan feddwl am yr ysgol. Cofiodd yn sydyn fod Rhys a rhai o'r bechgyn eraill yn awyddus i ddod i'r tŷ i chwarae gêm Cwpan Cymru. Doedd e ddim yn credu y byddai ei fam yn cytuno . . . ond wel, roedd yn rhaid iddo ofyn, on'd oedd?

'Na, Ifan,' oedd ei hateb pendant.

'O, Mam!'

'Dwi wedi dweud wrthot ti dro ar ôl tro. Allwn ni ddim cymryd y risg. Falle y bydd dy ffrindiau'n dweud wrth bawb am y lle 'ma. Pam na wnei di roi benthyg y gêm i Rhys?'

'Achos byddai'n well gen i iddo fe ddod i'r tŷ.

Rwyt ti a Dad wastad yn rhy brysur i chwarae'r gêm gyda fi, a dwi wedi cael llond bol ar ei chwarae ar fy mhen fy hun.'

'Mae'n flin 'da fi, Ifan . . . ond "na" yw'r ateb.'

Wrth weld y siom yn llygaid ei mab, teimlodd Elin braidd yn euog. Roedd hi'n anodd i Ifan fyw o dan y ddaear, mor bell oddi wrth ei ffrindiau newydd. Yn dawel fach, roedd ei fam yn poeni am hynny.

6

'Pam na ddoist ti draw neithiwr, Ifan?' holodd Alys, ar ôl i Ifan ddod i eistedd wrth ei hochr ar y bws.

'I ble?' atebodd Ifan yn ddidaro, er ei fod yn gwybod yn iawn am beth roedd hi'n sôn.

'Y dosbarth dringo yn y ganolfan hamdden, siŵr. Ro'n i'n meddwl dy fod ti'n dod. Roedd Osian yn holi amdanat ti, ac yn siomedig dy fod ti ddim yno.'

'O ie . . . wel, roedd Mam a Dad yn gweithio'n hwyr, felly doedd gen i ddim lifft. Sut oedd e?'

'Gwych! Fe ddringais i ddwy wal arall – waliau uchel iawn – ac roedd Osian yn dweud bod gen i ddawn naturiol! Doedd arna i ddim ofn o gwbl. Ond byddwn i wedi cael mwy o hwyl taset ti yno. Doedd neb yn fodlon siarad gyda fi. Pam na ddoi di'r tro nesaf? Gallet ti ddod i gael te gyda fi'n gyntaf . . .'

'Dwi ddim yn siŵr, Alys,' atebodd Ifan, er bod ei galon yn curo'n llawn cyffro wrth ddychmygu cyrraedd copa'r waliau uchaf.

'Dere! Galli di ddod i 'nhŷ i yn syth ar ôl ysgol, fe gawn ni damaid i'w fwyta, wedyn aiff Mam â ni yno erbyn saith. Gall hi roi lifft 'nôl i ti hefyd – y tai newydd 'na wrth y goedwig, ddwedest ti ontefe?'

'Ymm . . . ie,' atebodd Ifan, gan wingo wrth ddweud celwydd arall.

'Wel dyna ni 'te,' meddai Alys yn bendant. 'Dwyt ti ddim yn byw yn bell oddi wrthon ni. Fe wnawn ni hynny.'

Gwenodd Ifan yn wan. Fyddai ei rieni ddim yn hoffi'r syniad hwnnw o gwbl. Ond byddai'n rhaid iddo wneud ei orau glas i'w perswadio.

Yn ystod amser egwyl y bore, aeth Ifan draw at y cae lle roedd Rhys ac Aled yn ymarfer penio pêl-droed.

'Helô, fechgyn,' meddai Ifan yn betrusgar. 'Sori am dorri ar draws eich ymarfer chi . . . ond mae gen i rywbeth i ti, Rhys . . .'

Rhoddodd Ifan ei law yn ei fag ysgol, a thynnu gêm Cwpan Cymru ohono. Mewn chwinciad, roedd Rhys ac Aled wedi gollwng y peli, ac yn syllu'n gegwrth ar y gêm.

'O waw! Diolch, Ifan!'

'Mae'n anodd i mi gael ffrindiau draw, felly gei di fenthyg y gêm am ddwy noson, Rhys. Wedyn tro Aled fydd hi . . .'

'Nage, FI fydd yn cael y gêm gyntaf . . .' bloeddiodd Iolo'n ddig, gan wasgu gwar Ifan yn galed.

Bu bron i Ifan neidio o'i groen. Doedd e ddim wedi sylwi bod Iolo'n sefyll y tu ôl iddo.

'Ym,' meddai Ifan, gan lyncu'i boer, 'mae'n ddrwg gen i, Iolo, ond Rhys ac Aled ofynnodd gyntaf, felly nhw sy'n cael y cyfle cyntaf.'

'Paid â phoeni, Ifan, galla i aros . . .' meddai Rhys yn nerfus. Doedd e ddim am achosi dadl arall rhwng Ifan a bwli mawr yr ysgol.

'Wel, dyw hynny ddim yn deg . . .' meddai Ifan, cyn i Iolo dorri ar ei draws.

'Diolch, Rhys,' meddai, gan gipio'r gêm o law Ifan a syllu'n ddig arno. 'A does dim ots gen ti aros tan wythnos nesaf, nagoes? Bydd angen mwy na dwy noson arna i i'w chwarae hi'n iawn.'

Ochneidiodd Rhys, ond feiddiai e ddim dadlau â Iolo.

'Cofia mai fi biau'r gêm . . .' meddai Ifan, yn

dawel a phenderfynol. 'Gwna'n siŵr dy fod ti'n edrych ar ei hôl hi.'

Trodd Iolo i edrych arno'n syn. Fel arfer, fyddai neb yn meiddio'i ateb yn ôl.

'Cau dy geg, Ifan Hopcyn, os nad wyt ti eisiau ffeit go iawn,' meddai, gan roi hergwd galed i Ifan â'i ysgwydd. Yna, cerddodd Iolo i ffwrdd, gan wneud yn siŵr bod pawb yn gallu gweld gêm Cwpan Cymru yn ei law.

Ar ôl amser egwyl, gofynnodd Mrs Puw i'r dosbarth eistedd yn dawel, er mwyn iddi hi siarad â nhw am rywbeth pwysig.

'Reit 'te, Flwyddyn 6,' meddai, gan wenu. 'Os ydych chi'n cofio, fe soniais i cyn gwyliau'r haf am y trip i Langrannog ym mis Rhagfyr. Wel, mae'r amser wedi dod nawr i ddechrau talu.'

Trodd Ifan i edrych ar Alys. Doedd e ddim yn siŵr iawn beth oedd Llangrannog.

'Wyt ti wedi bod yno erioed?' sibrydodd Alys, wrth weld yr olwg syn ar ei wyneb.

'Naddo . . . Beth yw e? Ydy e'n debyg i'r Eisteddfod? Er, dwi heb fod yn fanno chwaith . . .'

'Ifan Hopcyn ac Alys Tomos – byddwch yn dawel, os gwelwch chi'n dda. Fe gewch chi ddigon o gyfle i siarad â'ch gilydd amser cinio,' meddai Mrs Puw, gan edrych yn ddig arnyn nhw.

'Whit-whiw!' chwibanodd Iolo, cyn llafarganu, 'Alys Sbecs a Drewgi! Alys Sbecs a Drewgi!' Dechreuodd gweddill y dosbarth chwerthin.

'A bydd dithau'n dawel hefyd, Iolo. Rwyt ti wedi cael un rhybudd yn barod yr wythnos yma . . .'

'Sori, Miss.'

'Wel, fel ro'n i'n dweud, bydd y trip i Langrannog yn gyfle i chi wneud pob math o weithgareddau diddorol – marchogaeth, gyrru beiciau modur, sgïo, ac yn y blaen . . .'

Gwenodd Ifan. Roedd yn swnio'n lle ardderchog.

'Wyt ti'n mynd?' sibrydodd yng nghlust Alys. Roedd e wedi anghofio'n barod am y stŵr gawson nhw gan Mrs Puw.

'Ifan Hopcyn! Beth ddywedais i wrthot ti gynnau? DIM SIARAD! Nawr, dwi'n credu y bydd raid i mi ofyn i ti ac Alys aros i mewn dros amser cinio. Fe gewch chi fy helpu i lanhau'r stordy.'

'Ha ha!' chwarddodd Iolo, gan gicio cefn sedd Ifan.

'Pwy oedd hwnna? Pwy wnaeth chwerthin?'

Edrychodd Mrs Puw yn wyllt o gwmpas y dosbarth.

Ni ddywedodd neb air. Roedd golwg ddiniwed iawn ar wyneb Iolo – roedd e'n actor gwych.

'Wel, os nad oes rhywun am gyfaddef,' meddai Mrs Puw wedyn, gan edrych ar bob aelod o'r dosbarth yn ei dro, 'bydd raid i mi gadw'r dosbarth i gyd i mewn dros amser cinio. Iawn?'

Ochneidiodd pawb. Roedd hi'n ddiwrnod llawer rhy braf i fod i mewn dros amser cinio.

'Diolch yn fawr, Ifan,' meddai Aled wrtho gan ysgyrnygu. 'Mae gan Rhys a fi gêm bêl-droed bwysig fory, ac roedden ni eisiau treulio amser cinio'n ymarfer cicio.'

'Nid fi oedd yn chwerthin!' protestiodd Ifan.

'Wel, ti roddodd Mrs Puw mewn hwyliau drwg, felly dy fai di yw e.'

'Ie, Ifan,' cytunodd Iolo, gan roi cic arall i gefn ei sedd.

'Tawelwch, Flwyddyn 6, neu byddwch chi'n gorfod aros i mewn yn ystod amser egwyl y pnawn hefyd!'

Ochneidiodd Ifan. Doedd bywyd ysgol ddim yn hawdd o gwbl. Roedd e'n dechrau teimlo ei fod yn fachgen amhoblogaidd iawn.

Wrth fwyta'i swper yn y Tanfyd y noson honno, soniodd Ifan wrth ei fam am y gwyliau i Langrannog.

'Mi fues i yno pan o'n i'n ddeuddeg oed,' meddai hithau, a golwg hiraethus yn ei llygaid.

'Wel, ga i fynd 'te?' holodd Ifan yn obeithiol.

'Na chei, mae arna i ofn, Ifan. Dwi ddim yn credu y byddai Mr Caradog yn hapus i ti fod allan o'r Tanfyd hebddon ni am wythnos.'

'Ond mae pawb arall yn mynd . . . pawb heblaw fi.'

'Na, Ifan.'

'Wel ga i fynd i dŷ Alys, 'te? Mae hi wedi gofyn i mi fynd i'w thŷ hi i gael te nos Lun, a mynd gyda hi i'r dosbarth dringo yn y ganolfan hamdden wedyn . . . ga i fynd?' Byrlymodd y geiriau allan, cyn i'w fam gael cyfle i dorri ar ei draws.

'Dwi ddim yn credu . . .'

'Gall mam Alys roi lifft 'nôl i fi i'r tai newydd wrth y goedwig, a gall Dad ddod i gwrdd â fi yno. Wnaiff neb fy ngweld i'n mynd dan y ddaear. Fydd Mr Caradog ddim yn gwybod. Bydda i'n ofalus iawn. *Plîs?*'

Edrychodd ei rieni ar ei gilydd yn ddifrifol am funud fach. I Ifan, roedd y saib yn teimlo fel oriau.

'Plîs?'

'Na chei, Ifan. Mae'n ddrwg gen i. Byddai Mr Caradog yn gandryll petai e'n dod i wybod am y peth. Does dim hawl gan neb fentro i wyneb y ddaear gyda'r nos.'

'Dwi'n mynd i fy stafell,' meddai Ifan yn dawel, a dagrau o siom yn pigo'i lygaid.

Fore trannoeth, sbonciodd Sali'r gwningen i guddio o dan y bwrdd brecwast pan glywodd guro – BANG! BANG! BANG! – ar ddrws y tŷ.

'Bore da i chi i gyd!' crawciodd Mr Caradog yn uchel wrth ddod i mewn. 'A sut mae'r crwtyn bach heddiw?'

'Ym . . . iawn, diolch,' meddai Ifan yn syn.

Sylwodd fod Isabela wedi'i lapio'i hun fel sgarff o gwmpas gwddf Mr Caradog.

'Ry'ch chi yma'n gynnar iawn, Mr Caradog,' meddai Elin Hopcyn yn nerfus, wrth sylweddoli bod pecyn o fisgedi ar fwrdd y gegin. Roedd hi wedi'u sleifio nhw i'r Tanfyd ar ôl bod mewn cyfarfod ar wyneb y ddaear yr wythnos cynt. Byddai Mr Caradog yn gandryll petai'n eu gweld nhw!

'Wel, ro'n i'n digwydd gyrru heibio, ac fe benderfynais i roi ychydig o newyddion da i Ifan bach. Ro'n i'n clywed, Ifan, dy fod yn awyddus i fynd i ddosbarth dringo ar wyneb y ddaear. Fel y gwyddost ti, dyw e ddim yn syniad da i bobl y Tanfyd grwydro ar wyneb y ddaear gyda'r nos . . . felly, mae un o'r adeiladwyr wrthi'n gosod bachau yn y wal uchel wrth ymyl fy nhŷ i, sef wal ucha'r Tanfyd. Bydd yn lle gwych iti ymarfer dringo – bydd croeso iti fynd yno unrhyw bryd. A bydda i'n gallu cadw golwg arnat ti yn fanna hefyd, i wneud yn siŵr dy fod ti'n saff.'

'Diolch yn fawr, ond wir, does dim eisiau ichi fynd i drafferth. Dwi wrth fy modd gyda'r dosbarth yn y ganolfan hamdden, a byddai'n well gen i fod yno gyda fy ffrindiau . . .'

'Mae Ifan yn ddiolchgar iawn i chi,' torrodd Dafydd Hopcyn ar ei draws, gan edrych yn ddig ar ei fab.

'Ym . . . ie, diolch, Mr Caradog,' meddai Ifan yn betrusgar, gan edrych ar ei dad.

'Dyna ni, 'te. Ardderchog,' meddai Mr Caradog gan wenu, ond roedd ei lygaid fel dwy garreg oer. 'Bydd y wal yn barod erbyn iti ddod adref o'r ysgol fory. Hwyl i chi nawr! Da bo chi!' bloeddiodd yn serchus.

Ond, yn sydyn, diflannodd ei wên wrth iddo

sylwi ar y bisgedi ar fwrdd y gegin. 'Elin Hopcyn!' ebychodd. 'Beth yw'r rheina?'

'Ym . . . bisgedi, Mr Caradog. Fe . . . fe brynais i nhw yr wythnos ddiwethaf ar ôl bod yn y cyfarfod 'na ar wyneb y ddaear. Sori . . . jyst weithiau, mae bwyd Dr Mihangel braidd yn . . . ddiflas . . . ac mae Ifan yn dwlu ar fisgedi.'

'Dwi'n siomedig iawn, Elin Hopcyn. Siomedig iawn. Mae Dr Mihangel yn treulio oriau'n tyfu bwyd ardderchog yn ei labordy i'n cadw ni i gyd yn iach – ac ry'ch chi wedyn yn difetha popeth trwy fwyta sothach fel hyn! Peidiwch *byth* â gadael imi ffeindio bwyd afiach fel hyn yn eich cegin chi eto! Deall?'

Gyda hynny, brysiodd allan i'r bresychgar, a'i danio â'i gwglach. Diflannodd i lawr y ffordd gan adael cwmwl gwyrdd drewllyd ar ei ôl.

Trodd Dafydd i edrych yn syn ar Elin.

'Ddywedaist ti wrtho fe fod Ifan yn hoffi dringo?' gofynnodd, gan grafu'i ben mewn penbleth.

'Naddo. Soniaist ti wrtho fe?'

'Naddo . . . mae'n rhaid ei fod e wedi clywed gan rywun arall – ond pwy?'

Oherwydd ymweliad annisgwyl Mr Caradog roedd hi'n rhy hwyr i Ifan ddal y bws, felly bu'n rhaid iddo redeg yr holl ffordd i'r ysgol. Erbyn iddo gyrraedd ei ddosbarth a'i wynt yn ei ddwrn, roedd Mrs Puw wedi gosod desgiau'r dosbarth mewn rhesi, yn barod ar gyfer prawf sillafu.

'Dere i mewn Ifan – brysia! Mae 'na sedd wag iti'n fan'na wrth ochr Iolo. Ry'n ni'n barod i ddechrau'r prawf.'

Llyncodd Ifan ei boer yn nerfus. Doedd e ddim yn poeni am y prawf gan ei fod yn gallu sillafu'n gywir iawn. Ond roedd golwg gas ar wyneb Iolo wrth iddo eistedd yn y gadair drws nesaf iddo.

Yn sydyn, saethodd ias o boen trwy goes Ifan wrth i Iolo ei gicio yn ei bigwrn.

'AW!' bloeddiodd.

'Beth sy'n bod, Ifan?' holodd Mrs Puw.

'Paid ti â meiddio cario clecs . . .' sibrydodd Iolo'n fygythiol.

Llyncodd Ifan ei boer eto. 'Ym . . . dim, Miss, jyst . . . taro fy nhroed ar y ddesg wnes i . . .'

'Wel llai o'r sŵn 'na nawr. Rydyn ni i gyd yn barod i ddechrau.'

'Iawn Miss, sori . . .'

Estynnodd Ifan ei gasyn pensiliau o'i fag, ac

edrych ar y sgrin ym mlaen y dosbarth, yn barod i weld lluniau o'r geiriau roedd yn rhaid iddyn nhw eu sillafu.

Ar ôl cwblhau'r pum gair cyntaf heb lawer o drafferth, trodd ei ben a sylwi bod Iolo'n edrych ar ei bapur ac yn copïo'i atebion. Doedd hynny ddim yn deg, meddyliodd Ifan. Doedd dim ots ganddo helpu pobl, ond doedd copïo gwaith rhywun arall ddim yn iawn. Felly, yn araf bach, symudodd ei fraich er mwyn cuddio'i atebion. Ond yna teimlodd gic egr arall i'w bigwrn.

'Aaaa!'

'Ifan! Beth sy'n bod nawr?' Trodd Mrs Puw ei phen i edrych arno'n ddiamynedd.

'Gad imi weld dy waith di,' ysgyrnygodd Iolo rhwng ei ddannedd, gan roi proc caled i asennau Ifan.

'Ym . . . dim . . .' meddai Ifan wrth Mrs Puw, gan geisio swnio'n ddidaro.

'Felly pam wyt ti'n gweiddi?'

'Sori, Miss . . . jyst tamed bach o wynt.'

Dechreuodd Aled a Rhys biffian chwerthin, a gwridodd Ifan. Pam ddywedodd e gelwydd mor ddwl?

'Wel, os yw'r gwynt 'ma'n dy rwystro di rhag mynd ymlaen yn dawel gyda dy waith, bydd yn rhaid iti fynd i wneud y prawf yn stafell y pennaeth ar dy ben dy hun.'

'Iawn. Sori, Miss.'

Trodd Ifan yn ôl at ei waith, gan adael i Iolo weld y cyfan ohono, i'w arbed rhag cael cic boenus arall.

Yn ystod amser egwyl, penderfynodd Ifan gael sgwrs gyda Iolo.

'Iolo – mae'n rhaid i hyn stopio,' meddai, a'i galon yn curo fel drwm. 'Dwi wedi cael llond bol arnat ti'n pigo arna i heb reswm.'

'Mae gen i reswm. Dwi ddim yn dy hoffi di. Mae hwnna'n rheswm digon da, drewgi.'

'Ond dwi ddim wedi gwneud dim byd i ti. Dwyt ti ddim yn fy 'nabod i . . .'

'Dwi'n dy 'nabod di'n ddigon da i weld dy fod ti'n rêl snob, yn edrych i lawr ar bawb yn Ysgol Cil y Deryn, gyda dy sgidiau Teigr a'r ffôn symudol smart 'na . . .'

'Dyw hynny ddim yn wir . . .'

'Cau dy geg! Ac rwyt ti'n llawn cyfrinachau – does neb yn siŵr iawn ble rwyt ti'n byw nac o ble rwyt ti'n dod. Beth sydd gen ti i'w guddio?'

'Dim byd . . .' atebodd Ifan, gan wrido.

'Dim byd, wir! Bydd raid iti fod yn ofalus, Ifan Hopcyn, os nad wyt ti'n moyn ffeit arall. Bydda i'n barod amdanat ti'r tro hwn. Chei di ddim fy maeddu i eto . . .'

'Dwi ddim eisiau ymladd. Dwi eisiau inni fod yn ffrindiau.'

'Ffrindiau! Ni'n dau? Paid â bod yn hurt! Dwi ddim eisiau bod yn ffrind i ti. Cer o'r ffordd, cyn i fi roi cic arall i ti!'

'Ond beth am gêm Cwpan Cymru? Fe gest ti fenthyg y gêm gen i.'

'Dyw hynny ddim yn golygu ein bod ni'n ffrindiau. A phaid ti â disgwyl cael y gêm 'nôl, chwaith. Iawn?'

'Ond . . .'

Cyn i Ifan gael cyfle i ddweud gair arall, rhoddodd Iolo ei ddwylo ar ei ysgwyddau, a'i hyrddio'n galed yn erbyn wal y neuadd. Cwympodd Ifan yn ôl, gan daro cefn ei ben â chlec uchel.

'AAA!' gwaeddodd, gan rwbio cefn ei ben.

Edrychodd o'i gwmpas, a'i waed yn berwi. Digwyddodd y peth mor gyflym, fel na chafodd e ddim amser i'w amddiffyn ei hun, hyd yn oed. Roedd yn ysu am gael cyfle i daro 'nôl. Ond roedd Iolo wedi rhedeg i ffwrdd.

Fel roedd e'n codi'n boenus ar ei draed, rhedodd Alys tuag ato.

'Wyt ti'n iawn?' gofynnodd, a golwg bryderus ar ei hwyneb. 'Dwi'n siŵr dy fod ti wedi cael cnoc gas ar gefn dy ben.'

'Galla i deimlo lwmp yn dechrau codi. Gwell i fi roi dŵr oer arno fe nawr. Wyt ti'n gallu'i weld e?'

'Nac ydw, mae dy wallt yn ei guddio.'

'Da iawn . . . dwi ddim yn credu 'mod i eisiau i Mam a Dad wybod am hyn. Byddan nhw'n grac gyda fi am wthio Iolo a dechrau'r holl helynt 'ma.'

'Wel, falle y dylen ni ddweud wrth Mrs Puw ei fod e'n pigo arnat ti.'

'Dwi ddim eisiau achosi ffỳs . . . gwell i mi adael i bethau fod am y tro . . .'

'Ifan . . .'

'Na, wir, bydda i'n iawn. Galla i edrych ar ôl fy hun. Byddai'n well gen i beidio â sôn gair wrth Mrs Puw.'

'Wel, dwi ddim eisiau iti gael dy frifo. Os digwyddith rhywbeth fel hyn eto, bydda i'n dweud y cyfan wrth Mrs Puw.'

'Iawn, Alys,' ochneidiodd Ifan, a gwenu'n wan arni.

Pan gyrhaeddodd Ifan adref i'r Tanfyd y prynhawn hwnnw, roedd ei dad yn eistedd yn y lolfa'n aros amdano.

'Dwi am ddod draw gyda ti,' meddai Dafydd Hopcyn gan wenu.

'I ble?'

'At y wal, wrth gwrs. Y wal ddringo newydd mae Mr Caradog wedi'i chodi i ti. Awn ni draw gyda'n gilydd ar ein sgwt-sgwtiaid.'

Oherwydd yr holl helynt gyda Iolo, roedd Ifan wedi anghofio'n llwyr am y wal ddringo newydd. Doedd arno ddim llawer o awydd symud o'r soffa oherwydd y lwmpyn poenus ar ei ben, ond ceisiodd edrych yn frwdfrydig.

'Iawn, diolch Dad.'

'Ac mae gen i syrpréis bach i ti hefyd . . .' meddai Dafydd, gan roi bag plastig yn llaw ei fab. 'Anrheg oddi wrth Mr Caradog.'

Agorodd Ifan y bag. Ynddo, roedd pâr o esgidiau dringo newydd sbon, ynghyd â helmed a harnais.

'Waw, diolch!' meddai, gan wenu'n syn.

'Wel, nid i fi mae eisiau iti ddiolch, ond i Mr Caradog. Mae e'n ddyn caredig iawn.'

'Ydy . . . ond sut oedd e'n gwybod 'mod i wedi bod yn y dosbarth yn y ganolfan hamdden yn y lle cyntaf, os na wnest ti a Mam ddweud wrtho fe? Mae rhywbeth rhyfedd iawn yn digwydd . . .'

'Nac oes, Ifan. Paid â bod yn ddwl,' atebodd Dafydd Hopcyn, gan wingo'n anniddig. 'Does dim byd rhyfedd yn digwydd, ac mae Mr Caradog wedi bod yn garedig iawn wrthot ti.'

'Hm . . . ydy . . . falle . . .' mwmialodd Ifan.

Gwenodd Dafydd Hopcyn arno, ond yna trodd i ffwrdd a phesychu'n nerfus. Roedd Ifan yn dweud y gwir. *Roedd* rhywbeth rhyfedd yn digwydd yn y Tanfyd, ac roedd Mr Caradog fel petai'n gwybod popeth am y teulu Hopcyn. Ond sut?

Fore trannoeth yn yr ysgol, ceisiodd Ifan gadw mor bell â phosib oddi wrth Iolo. Ond, yn ystod yr awr ddarllen, gofynnodd Mrs Puw am gael gweld y ddau ohonyn nhw gyda'i gilydd.

'Iolo – Ifan – eisteddwch yma o 'mlaen i,' meddai, mewn llais difrifol. 'Nawr, mae angen imi siarad â chi am ganlyniadau'r prawf sillafu ddoe. Yn rhyfedd iawn, rydych chi wedi cael yr un atebion yn gywir – a'r un rhai'n anghywir. Rydych chi hyd yn oed wedi camsillafu geiriau yn yr un ffordd! Mae'r ddau ohonoch chi wedi ysgrifennu "dysgyblion" yn lle "disgyblion", er enghraifft. Felly, dwi'n credu bod un wedi bod yn copïo gwaith y llall. Oes un ohonoch chi am gyfaddef?'

Edrychodd Ifan ar ei draed. Roedd e'n ysu am gael dweud y gwir, ond feiddiai e ddim digio Iolo eto.

'Cyd-ddigwyddiad yw e, Miss,' meddai Iolo, gan edrych ar y llawr.

'Felly'n wir? Wel, mae'n gyd-ddigwyddiad rhyfedd iawn,' meddai Mrs Puw, gan godi un ael. 'Nawr, ydych chi'n siŵr nad ydych chi wedi bod yn copïo? Neu oes rhaid imi ofyn i'r pennaeth ddod i siarad â chi?'

'Wel,' meddai Iolo, gan garthu'i lwnc, 'do'n i ddim yn mynd i ddweud dim byd gan fod Ifan yn fachgen newydd, ond roedd e'n edrych ar fy ngwaith i drwy'r amser.'

'Beth?' Cododd Ifan ei ben, a rhythu arno'n gegrwth.

'Ifan? Ydy hyn yn wir?'

'Nac ydy, Miss! Wir! Fyddwn i byth yn copïo gwaith neb – dyw e ddim yn deg!'

'Hmm . . .'

Edrychodd Mrs Puw ar y ddau fachgen. Roedd golwg ddiniwed iawn ar Ifan, ac roedd Iolo'n gallu bod yn ddrwg iawn ar brydiau . . . ond eto, efallai fod Ifan yn fachgen drygionus hefyd. Doedd hi ddim yn ei adnabod yn dda iawn eto. Dim ond ers pythefnos roedd e yn ei dosbarth hi, felly roedd yn anodd penderfynu a oedd e'n dweud y gwir neu beidio.

'Reit, fechgyn,' meddai gan ochneidio, 'ewch

yn ôl i'ch seddi. Wna i mo'ch cosbi chi'r tro hwn. Ond mi fydda i'n cadw llygad barcud arnoch chi'ch dau o hyn ymlaen. Iawn?'

'Iawn, Miss. Diolch, Miss.'

Nodiodd Iolo ei ben yn ddifrifol. Ac yna, pan nad oedd Mrs Puw yn edrych arno, tynnodd ei dafod ar Ifan.

Roedd Ifan yn falch o glywed y gloch yn canu am hanner awr wedi tri, ac am unwaith roedd yn ysu am gael mynd adref i'r Tanfyd. Cerddodd at y bws gydag Alys, ac aeth y ddau i eistedd yn un o'r seddi blaen, yn ddigon pell oddi wrth Iolo.

'Oni bai am Iolo, byddwn i wrth fy modd yn yr ysgol 'ma,' meddai Ifan, gan ochneidio'n drist.

'Wel, mae'n rhaid iti ddweud y cyfan wrth Mrs Puw. Mae e wedi mynd yn rhy bell nawr. Alla i ddim credu ei fod e wedi copïo dy waith, a thrio rhoi'r bai arnat ti.'

'Na, dwi ddim am wneud hynny. Bydd popeth yn iawn, dwi'n siŵr. Bydd e'n iawn ddydd Llun, gei di weld, ar ôl cael amser i feddwl a challio dros y penwythnos.'

'Hmm, dydw i ddim mor siŵr,' meddai Alys.

Ymlusgodd y bws ar hyd ffyrdd igam ogam

Cil y Deryn, ac ar ôl gollwng criw o blant yng nghanol y pentref daeth at arhosfan Ifan ac Alys.

'Paid â rhuthro bant nawr,' meddai Alys, wrth iddi hi ac Ifan gamu oddi ar y bws. 'Rwyt ti wastad yn rhedeg, fel taset ti ddim eisiau i neb dy weld di'n mynd am adref.'

'Ydw i?' atebodd Ifan, gan geisio edrych yn syn. 'Wel, dwi'n hoffi rhedeg.'

Craffodd Alys arno, a gwthio'i sbectol i fyny ei thrwyn.

'Hmmm,' meddai. 'A'r peth arall rhyfedd yw bod gen i fodryb sy'n byw yn yr un stryd â ti. Dyw hi erioed wedi dy weld di na dy rieni, ac roedd hi'n credu mai menyw o'r enw Miss Caradog sy'n byw yn y tŷ â drws coch. Wyt ti'n dweud y gwir wrtha i? Ai yn y tŷ â drws coch rwyt ti'n byw?'

Rhewodd Ifan. Doedd e ddim eisiau dweud celwydd wrth Alys, ond doedd ganddo ddim dewis.

'Wrth gwrs,' mwmialodd, gan wenu'n wan.

Llyncodd Ifan ei boer yn nerfus, a rhwbio'i ddwylo chwyslyd ar ei drowsus. Yna, ar ôl saib anghyfforddus, trodd i'r dde.

'Dwi'n mynd y ffordd yma nawr. Wela i di wythnos nesaf. Hwyl!'

'Hwyl, Ifan,' atebodd Alys, gan droi i'r chwith.

Ond arhosodd hi yn ei hunfan am sbel, yn gwylio Ifan yn cerdded i ffwrdd. Ac yna, yn hytrach na mynd yn ei blaen i'w chartref, aeth i guddio y tu ôl i goeden. O'r fan honno, gallai weld Ifan yn cerdded yn ei flaen – heibio'r stryd newydd a'r tŷ â'r drws coch. Gwelodd e'n troi, ac yn sboncio dros y ffens i mewn i'r goedwig.

Pan oedd Ifan yn ddigon pell o'i blaen fel na fyddai'n ei chlywed, dilynodd Alys e dros y ffens, gan lanio â SBLAT! uchel mewn pwll o ddŵr. Roedd y dŵr yn iasol o oer, a'i hesgidiau newydd yn fwd i gyd, ond tynnodd Alys anadl ddofn a rhuthro yn ei blaen. Am eiliad, teimlodd bwl o euogrwydd, gan fod ei rhieni wedi'i rhybuddio droeon i beidio â mynd i'r goedwig ar ei phen ei hun. Roedd golwg ofnadwy ar ei hesgidiau newydd, hefyd. Ond roedd hi'n teimlo'n grac gydag Ifan am ddweud celwydd wrthi hi. Roedden nhw'n ffrindiau da iawn erbyn hyn – pam na allai e ddweud wrthi ble roedd e'n byw? Doedd dim dewis ganddi ond ei ddilyn.

Symudodd yn fân ac yn fuan, gan aros bob hyn a hyn i guddio y tu ôl i goeden neu graig. Er nad oedd hi eto wedi dechrau nosi, roedd y goedwig yn dywyll a'r canghennau trwchus yn cuddio'r haul. Bu bron i Alys sgrechian wrth deimlo llygoden yn sgrialu dros ei throed, ac roedd ganddi bigyn yn ei hochr ar ôl rhedeg. Roedd Ifan yn amlwg yn gwbl gyfarwydd â'r llwybr, gan ei fod yn symud yn chwim fel milgi.

O'r diwedd, daeth Ifan i stop ar ôl cyrraedd craig ryfedd, yr un siâp â phêl rygbi. Safodd Alys y tu ôl i dderwen fawr yn ei wylio, gan sychu'r chwys oddi ar ei thalcen. Beth ar wyneb y ddaear roedd e'n ei wneud?

Gwelodd e'n tynnu rhywbeth bach disglair allan o'i fag. Allwedd? Nage, roedd e'n debyg i ffôn symudol. Gosododd Ifan y teclyn mewn hollt bach yn y graig, ac yn raddol, â gwich uchel, agorodd drws yn y graig. Cymerodd Ifan gipolwg sydyn dros ei ysgwydd, cyn gwyro a chamu i mewn i'r graig.

Safodd Alys yn stond am eiliad. Doedd ryfedd fod Ifan mor gyfrinachol ynglŷn â'i gartref a'i deulu. Roedd e'n byw mewn craig! Efallai fod Iolo'n iawn, felly. Efallai fod rhieni Ifan yn sbeis neu'n lladron neu rywbeth tebyg. Neu efallai fod

Ifan yn un o'r tylwyth teg – neu hyd yn oed yn greadur o'r gofod!

Wel, doedd ond un ffordd iddi gael gwybod. Roedd ganddi lawer o gwestiynau i'w gofyn i Ifan Hopcyn fore dydd Llun.

9

'Ifan bach, mae golwg wedi blino'n lân arnat ti!'
meddai Elin Hopcyn, ar ôl i Ifan ddisgyn o'r
twnnel yn y Tanfyd i mewn i'r lolfa.

'Dwi'n iawn,' atebodd yn dawel, gan godi i
fynd i'w stafell wely.

'Ble wyt ti'n mynd nawr?'

'I ddechrau ar fy ngwaith cartref.'

'Ond mae gen ti drwy'r penwythnos i'w
wneud e . . . dere i ymlacio am ychydig,' meddai
Elin yn dyner. Arllwysodd ddiod iddo o'r
dyfrdeclyn, sef jwg arbennig oedd yn glanhau a
phuro dŵr llychlyd y Tanfyd.

'Iawn . . . fe eistedda i am funud. Ond dwi
eisiau dechrau'r gwaith cartref heno. Mae'n
rhaid i mi wneud fy ngorau, i ddangos i Mrs
Puw 'mod i'n gallu gweithio'n dda ar fy mhen
fy hun.'

'Mae hyn yn anarferol iawn, Ifan. Dwyt ti ddim fel arfer yn ysu am wneud dy waith cartref. Oes rhywbeth yn bod?'

'Nagoes,' ochneidiodd Ifan, gan droi ei gefn ar ei fam.

Ond roedd hi'n gwybod yn iawn ei fod yn dweud celwydd.

'Ifan? Oes gen ti rywbeth i'w ddweud wrtha i? Wyt ti mewn trwbwl yn yr ysgol?'

Anadlodd Ifan yn ddwfn. Roedd yn anodd iawn iddo guddio'i broblemau rhag ei rieni, felly penderfynodd esbonio'r cyfan. Dywedodd wrthi am gêm Cwpan Cymru, y prawf sillafu, a sut y gwnaeth Iolo ei gyhuddo o'i gopïo. Yna, dangosodd y lwmpyn poenus ar gefn ei ben.

'Ifan bach,' llefodd ei fam. 'Mae e'n swnio fel bachgen ofnadwy. Dwi ddim yn hapus o gwbl am hyn. Ro'n i'n credu bod Ysgol Cil y Deryn yn ysgol braf ac y byddet ti'n saff yno. Wnes i erioed feddwl y byddet ti'n cael dy frifo gan fwli fel Iolo. Os na fydd hyn yn stopio, bydd raid inni dy dynnu di allan o'r ysgol, a dechrau dy ddysgu di yn y Tanfyd eto . . .'

'Na, Mam, na! Dwi'n iawn! Mae hi'n ysgol grêt, ac mae Mrs Puw yn glên iawn, a dwi wrth fy modd gyda'r gwahanol wersi,' parablodd yn wyllt, gan ddifaru bod mor onest gyda hi.

'Iawn . . . wel, cofia ddweud wrthon ni os bydd e'n gwneud rhywbeth arall i ti, achos all pethau ddim mynd ymlaen fel hyn.'

Gan ochneidio'n drist, pwysodd Elin ymlaen i roi cusan ar dalcen Ifan.

BANG! BANG! BANG!

Yn hwyrach y noson honno, bu bron i Elin Hopcyn dagu ar ei phaned wrth glywed rhywun yn curo'r drws yn galed. Roedd y Tanfyd yn dywyll fel bol buwch. Pwy fyddai'n galw ar ôl hanner awr wedi naw y nos? Agorodd y drws yn araf, a'i chalon yn curo fel drwm. Mr Caradog a Dr Mihangel oedd yn sefyll o'i blaen – Mr Caradog yn ei ddillad du arferol, a Dr Mihangel yn gwisgo cot lwyd a menig rwber du.

'Noswaith dda, Elin Hopcyn. Sut mae pethau heno?' gofynnodd Mr Caradog yn ei lais cras, main. Syllodd Dr Mihangel arni â'i lygaid gwyrdd cul, oedd yn debyg iawn i lygaid cath.

'Mae popeth yn iawn, diolch . . .' atebodd Elin yn ansicr. 'Ydych chi am ddod i mewn?'

'Iawn, diolch. Mae Dr Mihangel am archwilio'r tŷ, i wneud yn siŵr ei fod e'n lân. Ac rydw i am gael gair gyda'ch mab chi.'

Gwridodd Elin Hopcyn a llyncu'i phoer yn nerfus. Dyma'r trydydd tro mewn mis i Dr Mihangel archwilio'r tŷ!

'Mae'r tŷ'n berffaith lân, Dr Mihangel. Bues i'n defnyddio'r chwyrlibethma ddoe.'

Peiriant arbennig tebyg i hwfer oedd y chwyrlibethma, ond bod ganddo freichiau robotaidd oedd yn gallu glanhau a thynnu llwch hefyd.

'*Fi* fydd yn penderfynu os yw'r tŷ'n ddigon glân ai peidio, Elin Hopcyn. Fe ddechreuaf i yn yr ystafell ymolchi. Esgusodwch fi.'

Gwthiodd Dr Mihangel heibio iddi, ac aeth i fyny'r grisiau.

'Hoffwn i gael gair gyda'ch mab . . .'

'Iawn, Mr Caradog,' meddai Elin yn syn. 'Fe alwa i arno fe nawr.'

Cododd Ifan yn anfoddog oddi ar y soffa. Roedd e ar ganol gwylio rhaglen gomedi dda, a doedd arno ddim awydd siarad â neb, yn enwedig Mr Caradog. Ond llusgodd ei hun at y drws, a gosod gwên ffals ar ei wyneb.

'Helô 'machgen i, sut wyt ti?' meddai Mr

Caradog, gan fwytho clustiau Isabela'r gwningen, oedd yn swatio ym mhoced ei got.

'Dwi'n iawn diolch, Mr Caradog,' atebodd Ifan yn sionc, er ei fod yn teimlo'n anghysurus iawn gydag Isabela'n rhythu'n ddig arno â'i llygaid coch.

'Sut mae pethau yn Ysgol Cil y Deryn? Wyt ti'n mwynhau bod yno?'

'Ydw, diolch.'

'Unrhyw broblemau?'

'Nagoes, dim byd.'

'Wyt ti'n siŵr? Achos . . . wel . . . dwi wedi clywed bod 'na fachgen o'r enw Iolo yn achosi tipyn o drafferth i ti. Ydy hynny'n wir?'

'Ym . . . nac ydy . . . wel . . . ydy . . . tipyn bach. Pwy ddywedodd wrthoch chi?'

'Does dim ots am hynny. Ond dwi am iti wybod hyn: does neb yn cael pigo ar drigolion y Tanfyd. Fe wnaf i'n siŵr o hynny. Iawn?'

'Iawn, diolch,' atebodd Ifan yn syn.

'Dwi ddim yn credu y cei di unrhyw broblemau gyda Iolo o hyn ymlaen. Ro'n i am iti gael gwybod hynny. A chofia ddweud os bydd unrhyw un arall yn achosi trafferth i ti. Iawn?'

'Iawn.'

'Wel, nos da nawr, Ifan.'

'Ym . . . Mr Caradog? Cyn i chi fynd, gaf i ofyn un peth i chi?'

'Wrth gwrs, Ifan . . .'

'Beth yw pwrpas yr adeilad mawr 'na sy'n edrych fel castell?'

Diflannodd y wên oddi ar wyneb Mr Caradog, a sylwodd Ifan fod y wythïen las yn ei dalcen yn pwmpio'n wyllt, fel yr oedd y diwrnod o'r blaen ar y safle adeiladu.

'Does dim angen i ti wybod hynny, Ifan. Paid ti â busnesu nawr,' atebodd mewn llais diamynedd, cyn mynd at y drws i alw ar Dr Mihangel. 'Ydych chi'n barod nawr, Dr Mihangel? Rydw i ar fin mynd.'

'Ydw, Mr Caradog. Popeth yn iawn yma. Ychydig o lwch yn ystafell wely'r bachgen, dyna i gyd. Dwi wedi cael gair gydag Elin Hopcyn am y peth.'

'Hwyl fawr, Ifan,' meddai Mr Caradog, 'a chofia beth ddywedais i wrthot ti. Paid â busnesu.'

'Iawn, wnaf i ddim. Nos da.'

Camodd Ifan yn ôl wysg ei gefn, gan wylio Mr Caradog a Dr Mihangel yn cerdded at y bresychgar. Roedd hyn yn rhyfedd . . . yn rhyfedd iawn. Teimlai'n siŵr fod Mr Caradog yn ceisio cuddio rhywbeth ynghylch y castell. Ac mae'n rhaid bod ei rieni wedi sôn wrtho am Iolo. Sut arall fyddai e'n gwybod am y peth? A sut yn union roedd Mr Caradog yn bwriadu datrys y broblem?

'Wel?' holodd Elin Hopcyn, wrth i Ifan fynd yn ôl i eistedd o flaen y teledu. 'Beth oedd e eisiau 'da ti?'

'Roedd e'n gwybod bod Iolo'n pigo arna i. Pam sonioch chi a Dad wrtho fe am hynny?'

'Wnaethon ni ddim. Pam fuasen ni'n gwneud y fath beth? Dyw e'n ddim o fusnes Mr Caradog,' atebodd Dafydd, gan edrych i fyw llygaid Ifan.

'Felly sut mae e'n gwybod?'

'Wn i ddim, Ifan,' meddai Dafydd Hopcyn. 'Does gen i ddim syniad sut mae Mr Caradog yn gwybod am bopeth sy'n digwydd i ni. Mae'n rhaid bod ganddo lygaid a chlustiau ym mhobman!'

Chwarddodd Dafydd, ond sylwodd Ifan fod mymryn o bryder yn llygaid ei dad. Roedd ei fam yn edrych ar y llawr, ac yn dal i gnoi ei gwefus yn nerfus.

Y noson honno, ar ôl i Ifan fynd i'w wely, aeth Elin i'r gegin i dynnu'r llestri swper o'r peiriant golchi llestri. Wrth roi'r platiau yn ôl yn y cwpwrdd, roedd yn siŵr ei bod yn clywed sŵn siffrwd. Diffoddodd y radio, a chraffu i mewn i'r cwpwrdd. Dyna ryfedd, meddyliodd. Roedd twll maint pêl griced wedi ymddangos yng ngwaelod y cwpwrdd. Camodd yn nes, a chan ddal ei hanadl yn betrusgar, gwthiodd ei llaw yn ddwfn i mewn i'r twll.

'Aaaw!' gwaeddodd, gan neidio'n ôl mewn braw.

Roedd dannedd miniog newydd gnoi ei bysedd, a phâr o lygaid yn rhythu'n ddig arni . . . llygaid bach coch Isabela'r gwningen.

'Cer o 'ma, Isabela!' gwaeddodd arni, gan guro'i dwylo'n chwyrn. Ond doedd dim ofn o gwbl ar Isabela. Sbonciodd allan o'r cwpwrdd, gan lanio ar y silff ffenestr.

Arhosodd yno am eiliad i lyfu'i phawen, gan syllu'n herfeiddiol ar Elin.

'Cer o 'ma, yr hen gwningen haerllug! Cer 'nôl at Mr Caradog!' bloeddiodd Elin eto, cyn sylwi bod rhywbeth ar ei choler ddiemwntau. Microffon oedd e! Microffon bach cudd!

Roedd Elin yn gwybod tipyn am declynnau o'r fath, a sylweddolodd yn syth ei fod e'n ficroffon digidol pwerus iawn. Roedd rhywun yn defnyddio Isabela i gario microffon, er mwyn gallu gwrando ar sgyrsiau'r teulu Hopcyn!

Estynnodd Elin ei dwylo at y gwningen, er mwyn ceisio'i dal. Ond roedd Isabela'n rhy gyflym iddi, a chydag un llam, neidiodd allan drwy'r ffenestr agored.

Syllodd Elin yn syn drwy'r ffenestr. Roedd rhywun yn gwrando ar eu sgyrsiau, felly, ac yn clywed pob gair roedden nhw'n ei ddweud. Pwy? Wel, roedd hynny'n hollol amlwg. Mr Caradog. Dyna sut roedd e'n gwybod am Iolo'r bwli, a phopeth arall oedd yn digwydd ym mywydau'r teulu. Ond pam? Pam fyddai e eisiau gwrando ar eu sgyrsiau nhw? Crafodd Elin ei phen mewn penbleth. Byddai'n rhaid iddi gael sgwrs gyda Mr Caradog, a hynny cyn gynted â phosib.

Wrth fynd yn ôl i'r stafell fyw, cafodd Elin gip drwy ddrws stafell Ifan i wneud yn siŵr ei fod yn cysgu. Yna, aeth i ddweud wrth Dafydd am Isabela a'r microffon.

'Mae hyn yn ofnadwy!' ebychodd, gan daro'i ddwrn yn ddig ar y bwrdd coffi. 'Dere â'r ffôn yma. Fe wnawn ni ffonio Mr Caradog ar unwaith, i sortio hyn mas . . .'

'Na, Dafydd. Awn ni i'w weld e fory ar ôl gwaith. Dwi ddim eisiau i Ifan glywed gair am hyn. Mae digon 'da fe i boeni amdano'n barod, diolch i'r bwli 'na yn yr ysgol.'

'Wrth gwrs. Ti sy'n iawn. Fe gawn ni sgwrs gyda Mr Caradog fory.'

Ochneidiodd Dafydd. Byddai bywyd dipyn symlach tasen nhw'n byw ar wyneb y ddaear, meddyliodd.

Wrth gerdded at y bws fore dydd Llun, roedd Ifan yn llawn cyffro. Roedd ei rieni'n cwrdd â Mr Caradog ar ôl gwaith, felly roedden nhw wedi cytuno y câi Ifan fynd gydag Alys i'r dosbarth dringo. Allai e ddim credu'i lwc, ac roedd ei stumog yn sboncio'n gyffrous bob tro roedd e'n meddwl am y peth. Doedd e ddim yn poeni am weld Iolo. Y dosbarth dringo oedd yr unig beth ar ei feddwl.

Wrth ddod yn nes at yr arhosfan fysiau, gwenodd ar Alys. Ond roedd gwg ar ei hwyneb hithau. Roedd rhywbeth yn bod.

'Dwi'n gwybod beth yw dy gyfrinach di, Ifan Hopcyn,' meddai Alys gan brocio Ifan yn ei asennau.

'Pa gyfrinach?' holodd Ifan, gan deimlo'i galon yn neidio i'w lwnc.

'Os mai dyna yw dy enw di, wrth gwrs! Fe welais i ti'n diflannu i mewn i'r graig.'

'Diflannu i mewn i'r graig? Am beth wyt ti'n sôn?' meddai, gan edrych ar Alys fel petai'n hollol hurt.

'Ifan – dwyt ti ddim yn un da am ddweud celwydd. Mae dy wyneb di'n goch fel tomato.'

'O.'

'Felly – wyt ti am ddweud y gwir wrtha i?'

'Fe wnest ti fy nilyn i adref . . .'

'Do . . . ond paid â phoeni. Ddyweda i 'run gair wrth neb. Jest dweda wrtha i – pam? Pam wyt ti'n byw mewn craig? Oddi wrth bwy mae dy deulu di'n cuddio?'

Edrychodd Ifan o'i gwmpas i wneud yn siŵr nad oedd neb yn gwrando. Roedd Rhys ac Aled yn sgwrsio'n frwd am bêl-droed, a'r plant eraill yn eistedd yn rhy bell oddi wrthynt i allu clywed eu sgwrs. Felly, yn dawel a phwyllog, dechreuodd Ifan esbonio beth oedd y Tanfyd, a pham ei fod e a'i rieni'n byw yno.

Roedd Alys yn gegrwth.

'Ifan!' ebychodd yn syn. 'Does dim rhyfedd dy fod ti mor wahanol i bawb arall yn yr ysgol. Rwyt ti wedi cael bywyd ofnadwy!'

'Wel, fyddwn i ddim yn dweud hynny. Dwi fel arfer yn cael unrhyw beth dwi'n gofyn amdano, fel cyfrifiaduron neu deledu mawr . . . ddylwn i ddim cwyno gormod. Yr unig beth sydd ddim gen i yn y Tanfyd yw ffrindiau.'

'Wel, dwi'n ffrind i ti nawr. Ac fe gadwa i dy gyfrinach di, Ifan. Paid ti â phoeni am hynny.'

'Diolch, Alys. Rwyt ti'n ffrind da.'

Gyda hynny, pwysodd Ifan ymlaen i roi cwtsh i Alys.

'Www! Whit-whiw! Edrychwch ar Alys ac Ifan yn cwtsho!' bloeddiodd Aled, a dechreuodd pawb chwerthin.

Ond roedd Ifan yn teimlo'n hapus ar ôl rhannu'i gyfrinach gyda rhywun o'r diwedd.

BANG! BANG! BANG!

'O na,' meddai Ifan wrth fwyta'i frecwast. 'Pam mae Mr Caradog yn galw draw eto'r bore 'ma?'

'Wn i ddim,' meddai Elin, gan frysio i'r stafell ymolchi i dwtio'i gwallt cyn agor y drws.

'Gawson ni gyfarfod gyda fe neithiwr, felly alla i ddim deall pam ei fod e am ein gweld ni eto.'

'Mae gen i ryw syniad,' meddai Dafydd yn dawel, gan gofio am ddigwyddiadau'r noson cynt.

Wrth fynd i gwrdd ag Ifan yn y stryd ar ôl y wers ddringo, roedd Dafydd yn siŵr bod rhywun yn ei wylio.

'Elin, Dafydd, Ifan. Bore da,' meddai Mr Caradog. Camodd i mewn i'r tŷ heb wenu ar neb, cyn sefyll yn stond a'i freichiau wedi'u plethu. Roedd Isabela'n sbecian allan o boced ei got, yn cnoi darn o foronen.

'Bore da . . . sut gallwn ni'ch helpu chi?' holodd Elin, gyda thinc o bryder yn ei llais.

'Wedi dod i roi rhybudd ydw i, a dweud y gwir.'

'Rhybudd?'

'Ie. Ar ôl ein sgwrs neithiwr, ro'n i'n credu ein bod ni'n deall ein gilydd. Fe gytunais i symud Isabela a'r microffon o'ch tŷ chi – os oeddech chi'n fodlon peidio â thorri rheolau'r Tanfyd. Nawr, dwi'n sylweddoli ei bod hi'n anodd i'r crwtyn bach. Mae e eisiau gwneud yr un pethau â'i ffrindiau newydd ar wyneb y ddaear. Ond plentyn y Tanfyd yw e, cofiwch hynny – ac mae'n rhaid iddo fe lynu wrth fy rheolau i. Iawn?'

'Ond Mr Caradog – dwi ddim yn deall beth sy'n bod. Beth ydw i wedi'i wneud o'i le?'

'Dwyt ti ddim yn ddigon gofalus. Mae pobl yn gwybod dy fod ti'n byw yma, Ifan. Ro'n i'n meddwl dy fod ti'n fachgen call! Ddylwn i byth fod wedi gadael iti ddechrau yn yr ysgol 'na. Rydw i wedi gorfod gosod camerâu wrth fynedfa'r Tanfyd, i wneud yn siŵr na fydd neb yn dy ddilyn di yma. Ac os clywa i am broblem fel hyn eto, bydd raid i ti adael yr ysgol a chael gwersi yma gyda Dr Mihangel.'

'Wnaiff neb fy nilyn i yma, Mr Caradog,'

atebodd Ifan yn dawel, a'i galon yn suddo wrth feddwl am orfod gadael yr ysgol a'i ffrindiau newydd a chael gwersi gyda Dr Mihangel seimllyd. Teimlodd ei galon yn suddo hyd yn oed yn is wrth feddwl am beidio â gweld Alys.

'Bydd dawel, grwt! Rwyt ti'n creu trafferth di-ben-draw i fi! A chithau, Dafydd ac Elin – cofiwch eich bod chi'n ffodus iawn i gael bod yma yn y Tanfyd. Mae'n fraint cael byw a gweithio yma, felly mae'n bwysig dros ben eich bod chi'n cadw'r Tanfyd yn gyfrinach. Rydyn ni'n agos iawn at gwblhau'r prif adeiladau, a dydyn ni ddim eisiau i bobl ddod yma i fusnesu cyn hynny.

'Cofiwch fod y Tanfyd yn hanfodol ar gyfer dyfodol pobl Cymru. Bydd raid ichi golli'ch swyddi a'ch cartref os na fyddwch chi'n fodlon dilyn y rheolau. Ac fe wnaf i'n siŵr y bydd eich bywydau chi'n annioddefol ar wyneb y ddaear. Mae gen i ffrindiau ym mhob man . . .'

Pwysodd Mr Caradog ymlaen nes bod ei wyneb bron â chyffwrdd wyneb Ifan. Ych a fi! Roedd ei anadl yn drewi hyd yn oed yn waeth nag arfer – fel wyau drwg – a'i lygaid yn fflachio.

'Mae'n ddrwg gen i, Mr Caradog,' meddai Elin Hopcyn, a'i llais yn crynu.

'Wel, gobeithio wir na fydd angen i ni gael sgwrs debyg i hon byth eto. Da bo chi.'

'Hwyl,' atebodd Elin a Dafydd yn dawel gyda'i gilydd.

Safodd Ifan a'i rieni'n stond, yn gwylio Mr Caradog yn camu'n frysiog i mewn i'r bresychgar. 'Microffonau? Am beth roedd e'n sôn?' gofynnodd Ifan.

'Paid ti â phoeni am hynny,' atebodd Elin, gan roi ei braich am ei ysgwydd i'w arwain i'r stafell ymolchi. 'Cer di i lanhau dy ddannedd nawr, Ifan. Dydyn ni ddim eisiau iti golli'r bws eto.'

'Ond Mam . . . beth sy'n digwydd? Wyt ti a Dad mewn trwbwl?'

'Nac ydyn. Jest camddealltwriaeth bach yw'r cyfan, Ifan. Bydd popeth yn iawn, paid ti â phoeni. Fe gawn ni sgwrs heno.'

Rhedodd Ifan i lawr y rhiw a'i wyneb yn fflamgoch. Gallai glywed injan y bws yn chwyrnu, yn barod i adael yr arhosfan. Diolch byth, roedd Alys wedi sylwi arno'n chwifio'i freichiau'n wyllt, ac fe waeddodd ar y gyrrwr i ofyn iddo aros.

'Dylet ti godi'n gynharach, y mwnci!' meddai'r gyrrwr yn rwgnachlyd. 'Dyna'r tro olaf i mi aros amdanat ti!'

'Sori, wnaiff e ddim digwydd eto. Diolch yn fawr i chi,' meddai Ifan, gan wenu ar Alys.

Wrth gerdded tuag ati, sylwodd fod sedd gefn y bws yn wag. Ble roedd Iolo heddiw, tybed? Diolch byth, meddyliodd. Efallai y byddai heddiw'n ddiwrnod haws nag arfer.

'Reit 'te, Flwyddyn Chwech. I mewn â chi'n dawel,' meddai Mrs Puw, gan agor drws y stafell ddosbarth.

Roedd ei llais yn swnio ychydig yn gryg, meddyliodd Ifan. Edrychodd arni'n ofalus, a sylwi bod ei hwyneb yn welw. Doedd hi ddim yn edrych mor hapus ag arfer.

'Yn dawel, ddywedais i!' meddai hi wedyn, gan edrych yn ddig ar Catrin, a oedd yn dal i glebran yn uchel. Oedd, roedd rhywbeth mawr yn bod, meddyliodd Ifan.

Ar ôl i bawb eistedd yn dawel yn eu seddau, safodd Mrs Puw o'u blaenau.

'Mae gen i newyddion drwg i chi, mae arna i ofn,' meddai. 'Mae Iolo ar goll.'

'Ar goll? Ble?' gofynnodd Aled yn syth, a'i wyneb yn syfrdan.

'Does neb yn gwybod, Aled. Does neb wedi ei weld e ers pnawn ddoe, pan oedd e'n cerdded adref o dŷ ei gefnder, sy'n byw ar bwys y goedwig. Mae'r heddlu wedi bod yn chwilio amdano fe drwy'r nos.'

Distawodd y dosbarth, a throdd pawb i edrych ar ei gilydd yn syfrdan.

'Nawr,' meddai Mrs Puw wedyn, gan edrych yn ddifrifol ar ei dosbarth. 'Os oes unrhyw un ohonoch chi'n gwybod ble mae e, neu'n cofio Iolo'n dweud ei fod e'n bwriadu rhedeg i ffwrdd i rywle, dewch i ddweud wrtha i ar unwaith. Efallai fod Iolo wedi gofyn i chi gadw cyfrinach iddo fe . . . wel, peidiwch â phoeni am hynny. Fyddwch chi ddim yn mynd i unrhyw drwbwl os gwnewch chi ddweud y gwir wrtha i.'

'Iawn,' atebodd y dosbarth gyda'i gilydd, fel parti llefaru.

'Miss?' gofynnodd Catrin, gan godi'i llaw. 'Oes rhywun wedi'i herwgipio fe?'

'Does neb yn gwybod, Catrin. Dwi'n siŵr bod esboniad syml. Efallai ei fod e wedi mynd i aros gyda ffrind, ac wedi anghofio dweud wrth ei rieni ble roedd e'n mynd . . .' meddai Mrs Puw, gan wenu'n wan. Ond roedd ei llais yn dal i swnio'n llawn pryder.

Llyncodd Ifan ei boer yn nerfus. Roedd e wedi bod yn meddwl tipyn am Iolo dros y penwythnos. Meddyliodd, fwy nag unwaith, y byddai ei fywyd yn llawer hapusach pe bai Iolo ddim yn yr ysgol gyda fe. Ond roedd hyn yn ofnadwy. Doedd e ddim eisiau i Iolo ddiflannu, chwaith. Gobeithio nad oedd unrhyw beth drwg wedi digwydd iddo.

Daeth ei sgwrs gyda Mr Caradog i'w feddwl hefyd. 'Dwi ddim yn credu y cei di unrhyw broblemau gyda Iolo o hyn ymlaen.' Dyna ddywedodd e. Beth oedd hynny'n ei olygu? Beth os oedd gan Mr Caradog rywbeth i'w wneud â diflaniad Iolo? Rhedodd ias oer i lawr cefn Ifan.

Roedd fel petai cwmwl mawr du yn hofran dros Flwyddyn Chwech am weddill y dydd. Weithiau, byddai pawb yn chwerthin ar ôl i rywun ddweud jôc neu wneud rhywbeth doniol, ond yn sydyn bydden nhw'n cofio am Iolo a'i ddiflaniad rhyfedd, a byddai pawb yn distewi'n sydyn.

Rhedodd Ifan yn ôl i'r Tanfyd y prynhawn hwnnw, gan gymryd cipolwg dros ei ysgwydd bob hyn a hyn rhag ofn bod rhywun yn ei ddilyn. Aeth ar wib dros y llwybr, gan lamu fel athletwr dros foncyffion uchel, nes iddo ddod at y graig siâp pêl rygbi, a mynedfa'r Tanfyd. Yna aeth i lawr, lawr, lawr, y twnnel, cyn glanio gyda FFLOP ar y soffa.

'Ifan! Beth sy'n bod?' gofynnodd Elin, wrth weld wyneb fflamgoch Ifan.

'Mae Iolo wedi diflannu a does neb yn gwybod ble mae e a dwi'n credu taw fy mai i yw e achos dywedais i wrth Mr Caradog fod Iolo wedi bod yn gas gyda fi a falle bod rhywun wedi ei herwgipio fe a beth os oes rhywun eisiau fy herwgipio i hefyd? Falle bod rhywun ar fy ôl i . . .' Llifodd y geiriau'n ddi-stop, heb i Ifan dynnu anadl, hyd yn oed.

'Ifan bach, arafa! Ddeallais i 'run gair o'r parablu 'na! Reit, tynna anadl fawr, a dechrau o'r dechrau eto.'

Gan frwydro i atal y dagrau oedd yn bygwth ffrydio i lawr ei wyneb, dywedodd Ifan y cyfan wrth ei fam am ddiflaniad Iolo.

'Does dim bai o gwbl arnat ti, Ifan bach,' meddai Elin wrtho, gan roi ei braich o'i amgylch. 'Ac er bod Mr Caradog yn gallu bod yn reit rhyfedd, dwi'n siŵr nad oes ganddo fe unrhyw beth i'w wneud â hyn chwaith. Paid â phoeni. Bydd Iolo'n siŵr o ddod adref cyn bo hir. Wedi mynd i weld rhywun mae e, siŵr o fod, ac wedi anghofio dweud wrth ei fam. Paid â phoeni.'

'Ie, siŵr o fod,' meddai Ifan gan wenu'n wan.

Ond roedd geiriau Mr Caradog yn dal i atseinio yn ei feddwl. Roedd yn rhaid iddo gael gair ag e, rhag ofn ei fod e'n gwybod rhywbeth am ddiflaniad Iolo. Penderfynodd ddweud wrth ei fam ei fod am fynd am dro ar ei sgwt-sgwter.

'Ie, wir – fe wnaiff hynny fyd o les i ti,' atebodd hithau. 'I ble rwyt ti am fynd?'

'O, jest ar hyd y ffordd am ychydig bach.'

'Iawn. Ond dere 'nôl i gael bwyd, iawn?'

'Iawn – hwyl!'

Anelodd Ifan yn syth am adeilad y castell. Roedd yn siŵr mai dyna lle byddai Mr Caradog nawr, yn cadw golwg ar y gwaith adeiladu.

'Pnawn da, Ifan. Alla i dy helpu di?' gofynnodd Sam, oedd yn gwarchod mynedfa'r safle.

Llyncodd Ifan ei boer yn nerfus. Roedd golwg fygythiol iawn ar Sam, â'i ysgwyddau mawr llydan, a'r graith igam-ogam oedd yn estyn o'i lygad chwith i lawr at ei ên.

'Eisiau gweld Mr Caradog ydw i . . .' meddai Ifan yn uchel, gan geisio cuddio'i ofn. 'Oes modd imi gael gair gydag e?'

'Mae e'n brysur iawn. Dwi ddim yn credu y bydd amser gyda fe i siarad â ti.'

'Plîs! Dim ond gair cyflym,' ymbiliodd Ifan. 'Rydw i newydd sgwt-sgwtio'r holl ffordd yma.'

'Popeth yn iawn, Sam, fe gaf i air cyflym gyda'r crwt nawr,' crawciodd Mr Caradog, a oedd newydd gamu allan o'i swyddfa.

'Diolch, Mr Caradog.'

'Wel, beth wyt ti eisiau, Ifan? Dyw'r safle adeiladu 'ma ddim yn lle diogel i fachgen ddod i chwarae ar ei sgwt-sgwter,' meddai, mewn llais awdurdodol.

Yn wahanol i'r arfer, wnaeth Mr Caradog ddim mwytho gwallt Ifan, ac roedd golwg ddiamynedd iawn arno. Roedd Isabela'n eistedd ar ei ysgwydd, a golwg ddiflas ar ei hwyneb hithau hefyd.

'Ro'n i eisiau eich holi chi am Iolo,' mentrodd Ifan. 'Fe ddywedoch chi wrtha i am beidio â phoeni amdano fe . . . ond, wel, mae e wedi diflannu. Does neb yn gwybod ble mae e. Ac er ei fod e wedi bod yn gas gyda fi, do'n i ddim eisiau iddo fe ddiflannu chwaith. Mae pawb yn poeni amdano fe.'

'Felly'n wir? Wel beth sydd gan hyn i'w wneud â fi? Dwi ddim yn siŵr pam wyt ti wedi dod yma i wastraffu fy amser i, a dweud y gwir,' meddai Mr Caradog yn sychlyd, gan droi i ffwrdd oddi wrth Ifan. 'Nawr, mae'n flin 'da fi, ond bydd raid iti fynd. Mae llawer o waith i'w wneud, i orffen yr adeilad yma.'

'Iawn, mae'n flin gen i fod wedi'ch trwblu chi.'

Cydiodd Ifan yn handlen ei sgwt-sgwter, ac ochneidio'n siomedig wrth droi'n ôl at y llwybr. Ond yna, daliodd rhywbeth ei sylw. Roedd rhywun yn syllu arno. Y tu ôl i Mr Caradog, mewn ffenestr fach yn adeilad yr ysbyty, gallai weld wyneb cyfarwydd. Roedd bachgen yn edrych arno'n drist ac yn chwifio'i law. Iolo oedd e!

'Mr Caradog! Mr Caradog! Dacw fe! Mae Iolo yn y ffenestr yna! Rydych chi wedi'i gloi e yn y castell!'

'Paid â siarad y fath ddwli, Ifan! Rwyt ti'n dychmygu pethau. Does 'na neb yn ffenestr y castell.'

'Oes, Mr Caradog – edrychwch! Edrychwch!'

Trodd Mr Caradog ei ben i weld Iolo'n syllu'n drist drwy'r ffenestr. Gwgodd. 'Bydd dawel, grwt!' dywedodd yn sarrug. 'Does neb yma – rwyt ti'n dychmygu pethau! Rwyt ti'n amlwg wedi bod yn treulio llawer gormod o amser o flaen dy gyfrifiadur!'

'Ond . . .'

'Dim "ond" o gwbl, Ifan Hopcyn.'

Camodd Mr Caradog yn nes at Ifan a gwasgu ei ysgwydd yn dynn. Roedd ei anadl ddrewllyd yn boeth ar ei fochau, nes gwneud i Ifan deimlo'n swp sâl.

'Cer o 'ma, fachgen,' ysgyrnygodd yn gras. 'Cer o 'ma, a phaid â meiddio dod draw i fusnesu eto. A phaid ag adrodd dy stori fach hurt wrth neb – fydd neb yn dy gredu di, beth bynnag. Bydd pawb yn meddwl dy fod ti'n wallgo! Yn hollol boncyrs!'

'Ond fe welais i e . . .' mynnodd Ifan yn drist.

'Sam – wnei di arwain y crwt 'ma mas o'r safle? A phaid â gadael iddo fe ddod i fusnesu yma eto.'

Roedd wyneb Mr Caradog yn fflamgoch a'r wythïen fawr las yn ei dalcen yn pwmpio'n wyllt eto.

'Iawn, bòs,' meddai Sam, gan gydio'n dynn ym mraich Ifan.

Ceisiodd Ifan dynnu'n rhydd, ond sylwedd-
olodd yn fuan fod hynny'n gwbl anobeithiol yn
erbyn cawr o ddyn fel Sam. Gan wthio'i sgwt-
sgwter, cerddodd yn ufudd at yr allanfa.

Pan gyrhaeddodd y llwybr, neidiodd Ifan ar y
sgwt-sgwter a theithio'n gyflym yr holl ffordd
adref. Mor gyflym, yn wir, nes bod ei goesau'n
teimlo fel petaen nhw ar dân. Roedd yn rhaid
iddo ddweud wrth ei rieni am Iolo. Roedd yn
rhaid iddyn nhw ei helpu i'w achub!

Taflodd Ifan ei sgwt-sgwter i'r llawr, a dechrau curo'n wyllt ar ddrws y tŷ.

'Ifan, beth yn y byd sy'n bod?' gofynnodd Elin yn ddig wrth agor y drws. 'Pam wyt ti'n gwneud y fath sŵn?'

'Dwi wedi gweld Iolo! Roedd e yn y castell! Mae Mr Caradog yn cadw Iolo'n garcharor yno!'

'Gweld Iolo? Yn y castell? Ifan bach, rwyt ti siŵr o fod wedi dychmygu pethau. Rwyt ti wedi cael diwrnod anodd, ac yn poeni am Iolo. Mae'r peth yn troi yn dy feddwl di drwy'r amser . . .'

'Plîs, mae'n *rhaid* i ti fy nghredu i. Mae'n rhaid i ti fy helpu i i'w achub e! Dere gyda fi nawr, Mam, draw at y safle adeiladu!'

'Na Ifan, allwn ni ddim. Alla i ddim mynd i fwy o drwbwl gyda Mr Caradog. Fyddai hynny ddim yn syniad da. Cer i gadw dy sgwt-sgwter yn y sied, a dere i gael bwyd. Mae e'n barod ers meityn.'

'Ond . . .'

'Cer!'

Ochneidiodd Ifan yn drist. Pam nad oedd ei fam yn fodlon ei gredu? Cerddodd at y sied, gan gicio'r llawr yn ddig â'i sodlau. Bu'n cicio a chicio nes bod cymylau o lwch a cherrig yn codi o'r ddaear.

Ond roedd rhywbeth arall wedi codi o'r ddaear hefyd. Rhywbeth pinc, disglair. Plygodd Ifan i lawr i edrych arno. Rhuban pinc â diemwntau drosto i gyd. Coler Isabela! Ac ar ben hynny, roedd rhywbeth yn sownd wrth y goler – teclyn bach arian, tebyg i bìn cof ei fam, lle roedd hi'n cadw'i gwaith ar gyfer y cyfrifiadur. Mae'n rhaid mai pìn cof Mr Caradog oedd e, meddyliodd Ifan gan wenu. Tybed beth oedd arno fe? Rhoddodd Ifan y teclyn yn ei boced, a cherdded yn ôl i'r tŷ, heb ei ddangos i neb.

Yn syth ar ôl gorffen ei fwyd, rhuthrodd Ifan i'w stafell wely, gan ysu am weld beth roedd Mr Caradog yn ei gadw ar y pìn cof. Ar ôl ei wthio i fwlch bach yn ochr ei gyfrifiadur, ymddangosodd llun o ffeil ar y sgrin, â'r geiriau 'Map'. Dechreuodd calon Ifan guro'n wyllt. Map? Map o beth fyddai e? Cliciodd ar y ffeil.

Yn raddol, dechreuodd llinellau ymddangos ar y sgrin. Suddodd calon Ifan. Doedd e ddim yn un da am ddarllen mapiau. Ond yna, gwelodd siâp crwn ei gartref, a daeth plasty mawr Mr Caradog i'r golwg hefyd. Map o'r Tanfyd oedd e!

Gallai weld swyddfa Mr Caradog, carafanau'r adeiladwyr, a llwybr y sgwt-sgwtiaid. Ac yna, wrth ochr llun y castell lle gwelodd e Iolo, roedd y geiriau FFERM GWNINGOD!

Ebychodd Ifan. Dyna roedd Mr Caradog yn ei wneud yn y Tanfyd, felly. Adeiladu Fferm Gwningod!

Edrychodd ar weddill yr adeiladau ar y map. Cabanau'r Cwningod, Labordy Dr Mihangel . . . ond doedd dim sôn yn unman am ragor o gartrefi, a doedd dim ysbyty yno chwaith. Beth fyddai'n digwydd i bobl ar ôl iddyn nhw ddianc i'r Tanfyd? Doedd unman iddyn nhw fyw! A beth petai pobl yn sâl neu'n cael eu hanafu? Doedd unman iddyn nhw fynd i gael eu gwella!

Ar ôl astudio'r map yn fanwl am rai munudau, cliciodd Ifan ar ddogfen arall o'r enw FY NGHYNLLUN I AR GYFER Y DYFODOL, GAN MR CENWYN CARADOG. A dyma beth ymddangosodd ar y sgrin:

DATBLYGU'R FFERM GWNINGOD

Mae cwningod yn anifeiliaid deallus iawn, ac yn llawer mwy dibynadwy na phobl. Maen nhw'n hawdd eu trin, a gallwch chi eu dysgu i wneud pob math o bethau. Felly, fy mwriad i yw magu brîd arbennig o gwningod cawraidd, fydd yn gallu helpu pobl i wneud pob math o bethau fel garddio, tacluso a phalu tyllau. Byddwn ni'n gallu siarad â nhw a dweud wrthyn nhw beth i'w wneud, gan y byddan nhw'n gwisgo coleri arbennig (coleri clyfar) fydd yn derbyn negeseuon o'n gwglachau ni.

PWY FYDD YN GWEITHIO AR Y FFERM?

Bydd Dr Mihangel a minnau'n paratoi bwyd iachus yn arbennig ar gyfer yr anifeiliaid, ond plant fydd yn gwneud y gwaith diflas, sef glanhau a charthu cytiau'r cwningod. Plant fydd yn gwneud y coleri clyfar hefyd, gan fod eu dwylo bach nhw'n berffaith i wneud y gwaith manwl hwnnw.

O BLE BYDD Y PLANT YN DOD?

Bydd ffrindiau Mr Caradog yn dod o hyd i blant drwg ar wyneb y ddaear. Fydd neb yn gweld eu heisiau nhw gan eu bod nhw'n dipyn o niwsans i bawb! Bydd gweithio ar y fferm gwningod yn y Tanfyd yn brofiad arbennig iddyn nhw, a bydd wyneb y ddaear yn lle llawer gwell i fyw heb y plant drwg.

SUT GALLWN NI SICRHAU NA FYDD Y PLANT YN DIANC?

Bydd y plant yn gwisgo breichledi electronig arbennig. Os byddan nhw'n ceisio dianc trwy ddrysau'r Tanfyd, byddan nhw'n cael sioc drydanol. Ac os byddan nhw'n camfihafio, gall Dr Mihangel a minnau roi sioc drydanol iddyn nhw drwy wasgu'r botwm piws ar ein gwglachau. Pe bai'n rhaid, am ryw reswm, gallwn ni ddiffodd y breichledi trwy wasgu'r botwm oren ar y gwglachau.

BETH FYDD YN DIGWYDD I'R CWNINGOD?

Ymhen rhai blynyddoedd, bydd y cwningod yn ddigon deallus i weithio yn y Tanfyd. Bydd cannoedd ohonyn nhw, felly fydd dim angen i oedolion fod yno o gwbl. Bydd holl weithwyr y Tanfyd a'u teuluoedd yn colli eu swyddi ac yn gorfod mynd yn ôl i wyneb y ddaear. Dim ond plant drwg a chwningod fydd yn y Tanfyd wedyn. Byddwn ni'n cloi drysau'r Tanfyd, a bydda i, Mr Macsen a Dr Mihangel yn cael bywyd braf iawn. Bydd y cwningod a'r plant yn edrych ar ein holau ni, a neb yn gallu dod yma i fusnesu!

Wrth gwrs, rhaid cadw hyn i gyd yn gyfrinach. Fydd Elin a Dafydd Hopcyn a holl bobl neis neis eraill y Tanfyd ddim yn hoffi'r peth. Maen nhw'n credu taw ysbyty a chartrefi yw'r adeiladau. Dim ond fy adeiladwyr arbennig i fydd yn cael gweld y tu mewn! Rhaid eu cadw nhw draw oddi wrth y fferm nes eu bod nhw wedi gorffen gwneud eu gwaith defnyddiol yn y Tanfyd.

Llyncodd Ifan ei boer. Roedd hyn yn *erchyll*! Byddai Iolo'n sownd yn y Tanfyd am byth bythoedd!

Roedd yn rhaid iddo ddweud wrth Alys. Penderfynodd anfon e-bost ati, yn esbonio bod Iolo'n garcharor yn y Tanfyd. Atododd gopi o'r map a chynllun Mr Caradog hefyd, ac yn ei neges teipiodd:

> Gobeithio y byddi di'n gallu fy helpu i. Bydd raid inni drio achub Iolo fory a dangos i bawb beth sy'n digwydd yma yn y Tanfyd.
> Hwyl tan fory,
> Ifan

Yn ei wely y noson honno, bu Ifan yn troi a throsi am oriau, yn ceisio meddwl am gynllun. Roedd yn rhaid achub Iolo heb i Mr Caradog eu gweld nhw. Ond sut?

Yn oriau mân y bore, ac yntau rhwng cwsg ac effro, meddyliodd Ifan am Sali ei gwningen. Doedd hi ddim yn gwningen gawraidd, a doedd ganddi hi ddim coler glyfar; er hynny, roedd hi'n gwningen ddeallus iawn ac yn gallu cloddio'n gynt nag unrhyw jac codi baw. Roedd Ifan yn gallu rhoi gorchmynion iddi hi wneud pob math o bethau. Lledodd gwên dros ei wyneb. Ie, Sali oedd yr ateb i'r broblem.

BÎP-BÎP-BÎP!

Rhwbiodd Ifan ei lygaid a chodi'n araf o'i wely wrth glywed sŵn y cloc larwm fore trannoeth. Roedd e wedi blino'n lân.

Ar ôl cael cawod gyflym, gwisgodd a mynd i gael ei frecwast.

'Beth yw'r brys bore 'ma?' holodd Elin, wrth weld Ifan yn llowcio'i faethlaeth a'i lymymru piws.

'Dim . . . jest eisiau gwneud yn siŵr na fydda i'n colli'r bws, dyna i gyd.'

'Wyt ti'n siŵr dy fod ti'n iawn? Gobeithio nad wyt ti'n poeni gormod am Iolo, Ifan. Fe ddaw e adref cyn bo hir, dwi'n siŵr.'

'Dwi'n iawn, Mam. Paid â phoeni.'

Gyda hynny, cododd Ifan o'r bwrdd. Aeth i nôl ei got a'i fag, a rhuthro allan o'r tŷ.

'Ifan!' gwaeddodd Elin yn syn ar ei ôl.

'Hwyl!' atebodd Ifan yn frysiog, gan redeg tuag at y twnnel.

Am unwaith, cyrhaeddodd Ifan yr arhosfan bws ymhell cyn pawb arall. Syllodd yn ddiamynedd ar y pafin o'i flaen, gan ddisgwyl i Alys ymddangos. Ble roedd hi? Roedd yn ysu am gael siarad â hi.

O'r diwedd, gwelodd hi'n agosáu, yn edrych yn reit debyg i forgrugyn, gan fod ei rycsac bron gymaint â hi.

'Ti'n iawn, Ifan?' gofynnodd, yn fyr o wynt. 'Wyt ti wedi meddwl am gynllun?'

'Shhh!' atebodd Ifan yn ddig. 'Aros tan fyddwn ni ar y bws! Mae pobl yn gwrando!'

'Sori!' sibrydodd Alys.

Doedd y plant eraill yn yr arhosfan ddim yn cymryd unrhyw sylw o'r ddau, ond roedd Ifan yn amau bod Isabela'r gwningen neu un o weithwyr Mr Caradog yn llechu yn y llwyni.

Cyrhaeddodd y bws o'r diwedd, a rhuthrodd y ddau i sedd yn agos i'r cefn, lle byddai'n anodd i bobl glywed eu sgwrs.

'Sori am fod yn grac gyda ti gynnau,' meddai Ifan yn dawel, 'ond mae'n rhaid inni fod yn ofalus iawn . . . Reit. Dyma fy nghynllun i. Yn gyntaf, defnyddia fy ffôn symudol i ffonio dy rieni. Dweda wrthyn nhw dy fod ti'n aros ar ôl ysgol ar gyfer ymarfer drama neu rywbeth, ac y bydd Dad yn rhoi lifft adref i ti. Iawn?'

'Iawn.'

'Wedyn, ar ôl ysgol, byddi di'n dod lawr gyda fi i'r Tanfyd. Mae Mam a Dad yn gweithio'n hwyr bob dydd Mawrth, felly bydd yn saff i ti ddod heb iddyn nhw dy weld di.'

'Beth am y camera ger y fynedfa i'r Tanfyd?'

'Dwi'n gwybod ble mae e nawr. Galla i roi rhywbeth drosto, rhag i unrhyw un ein gweld ni.'

Gwenodd Alys yn llawn cyffro. O'r diwedd, roedd hi'n cael cyfle i weld cartref Ifan o dan y ddaear!

'Nawr, tra byddwn ni yn yr ysgol heddiw,' aeth Ifan yn ei flaen, 'bydd Sali, fy nghwningen, yn cloddio twnnel o dan fy ngardd gefn i, yr holl ffordd at y castell. Felly, ar ôl inni gyrraedd y Tanfyd heno, byddwn ni'n mynd i lawr y twnnel hwnnw. Wedyn, bydda i'n dod allan yn y pen pellaf, yn ffeindio Iolo ac yn dod â fe 'nôl lawr y twnnel gyda fi. Dy waith di fydd sefyll wrth geg y twnnel yn cadw golwg, a rhoi rhybudd i fi os bydd Mr Caradog neu rywun arall o gwmpas y lle.'

'A beth wnawn ni ar ôl cael gafael ar Iolo?'

'Wel, bydd raid i ni frysio, achos bydd rhywun yn siŵr o sylwi bod Iolo wedi mynd a dod ar ein holau ni . . . Ond yn lle dianc o'r Tanfyd drwy'r twnnel arferol, byddwn ni'n dringo allan drwy'r twll mae Sali'n ei ddefnyddio. Bydd oedolion yn rhy fawr i fynd drwy'r twll hwnnw.'

'Twll cwningen?'

'Ie . . . ond paid â phoeni. Dwi wedi gofyn iddi hi ei wneud e'n fwy nag arfer. Dylet ti fod yn iawn, beth bynnag. Rwyt ti'n ddigon bychan!'

'Hei!' meddai Alys, gan roi pwniad chwareus i'w fraich.

'Paid â phoeni – rwyt ti'n gallu dringo'n dda nawr hefyd, ar ôl y gwersi yn y ganolfan hamdden . . . Wedyn – cyn i ni gyrraedd wyneb y ddaear – byddwn ni'n ffonio rhywun i ddod i gwrdd â ni. Ti'n credu y gallai dy fam ddod?'

'Gallai, dwi'n siŵr . . . jest gobeithio y bydd popeth yn mynd yn iawn,' meddai, gan syllu i fyw llygaid Ifan. 'Dwi ddim eisiau cwrdd â Mr Caradog. Dyw e'n amlwg ddim yn ddyn neis iawn.'

'Byddwn ni'n iawn,' atebodd Ifan, gan wenu'n hyderus. 'Bydd hi'n anodd iddyn nhw ein ffeindio ni am sbel. Byddwn ni'n saff ar wyneb y ddaear ymhell cyn iddyn nhw gyrraedd.'

Ond, yn dawel fach, roedd Ifan yn poeni hefyd. Roedd e'n poeni am orfod wynebu Sam eto, ei freichiau mawr, cyhyrog a'i graith igam-ogam.

12

'Mynd i gael te gyda dy gariad, ife?' gofynnodd
Aled yn goeglyd, wrth weld Alys yn cydgerdded
gydag Ifan. 'Dwi'n gweld. Dyna pam roeddech
chi'ch dau'n sibrwd wrth eich gilydd drwy'r
dydd, ife?'

'Ie, ti'n berffaith iawn, Aled,' meddai Ifan gan
wenu. 'Hwyl! Wela i di fory!'

Gwenodd Alys hefyd. Erbyn hyn, roedd hi'n
hoffi'r syniad o gael ei galw'n gariad i Ifan . . .
ond fyddai hi byth yn cyfaddef hynny wrth neb.

Ar ôl cyrraedd y goedwig, neidiodd y ddau
dros y ffens a glanio gyda SBLAT mewn pwll o
ddŵr rhewllyd. Bu bron i Alys sgrechian, ond
doedd hi ddim eisiau i Ifan feddwl ei bod hi'n
hen fabi. Llyncodd ei phoer a cheisio anwybyddu'r
sŵn SGWELTSH-SGWELTSH yn ei hesgidiau
wrth iddi gerdded.

Aeth y ddau yn eu blaenau dros foncyffion a
chreigiau, nes cyrraedd y goeden hynaf yng

Nghymru, a'r graig siâp pêl rygbi. Ar ôl i Ifan roi'r teclyn arian yn yr hollt, agorodd y graig ac aeth i mewn. Camodd Alys yn betrusgar ar ei ôl.

'Nawr,' meddai Ifan, gan afael yn llaw Alys, 'byddwn ni'n mynd i lawr llithren hir i gyrraedd y Tanfyd – paid â chael ofn, ocê? Dere!'

Syllodd Alys ar Ifan yn neidio'n gwbl hyderus i mewn i'r twnnel. Dechreuodd ei chalon guro'n galed, fel gordd.

'Dere, Alys!' bloeddiodd Ifan, cyn diflannu o'r golwg i dywyllwch y twnnel.

Roedd y twnnel yn edrych yn hollol ddychrynllyd i Alys. A beth am Mr Caradog? Beth petai e ar waelod y twnnel, yn aros amdanyn nhw? Roedd Ifan wedi sôn am ei anadl ddrewllyd, y wythïen fawr las yn ei dalcen, a'i groen seimllyd. Ond yna, meddyliodd Alys am Iolo, yn garcharor yn y castell. Byddai'n rhaid iddi fod yn ddewr er ei fwyn e. Caeodd ei llygaid yn dynn, cyfri i dri, a neidio i mewn i'r twnnel ar ôl Ifan.

'AAAA!' sgrechiodd Alys wrth wibio'n is ac yn is drwy'r twnnel tywyll i grombil y graig. 'Beth sy'n digwydd? Ble wyt ti, Ifaaaaan?'

Dechreuodd deimlo'n sâl wrth droi a throelli i

lawr y twnnel, ond ar ôl ychydig eiliadau glaniodd – FFLOP! – ar y soffa.

'Dyma'r Tanfyd?' holodd Alys, gan edrych o'i chwmpas yn syn ar y lolfa, a'i waliau crwn. 'Hwn yw dy gartref di?'

'Ie, nawr dere! 'Sdim amser i oedi. Helpa fi i chwilio am y twll mae Sali wedi'i gloddio yn yr ardd.'

Craffodd Alys ar y tir llychlyd o'i chwmpas. Yna, sylwodd ar rywbeth bach crwn, gwyn yn symud yng nghornel dde bellaf yr ardd. Cynffon cwningen!

'Ai dyna Sali, Ifan?'

'Ie – da iawn! Ac mae hi'n sefyll wrth ochr y twll. Dere!'

Sbonciodd Sali i mewn i'r twll, ac aeth Ifan i mewn ar ei hôl. A'i chalon yn ei gwddf, aeth Alys i mewn yn olaf.

Roedd Sali wedi gwneud gwaith da o gloddio'r twnnel, gan ei fod yn ddigon mawr i Ifan ac Alys gropian trwyddo. Roedd hi hefyd yn gwisgo coler â fflachlamp arni, er mwyn goleuo'r twnnel tywyll. Er hynny, roedd cropian dros bellter hir yn waith caled, a'r castell yn teimlo'n bell iawn i ffwrdd.

'Ydyn ni bron yna?' holodd Alys ymhen sbel.

'Dim llawer i fynd nawr,' atebodd Ifan gan geisio swnio'n hapus, er ei fod e'n teimlo'n flinedig iawn.

Yn sydyn, safodd Sali'n stond a chwifio'i phawen dde.

'Ry'n ni yma!' sibrydodd Ifan mewn rhyddhad. 'Diolch yn fawr, Sali, am dy holl waith caled! Reit, af i i mewn i'r adeilad drwy'r twll yma. Ar ôl imi ddringo allan, Alys, rho di dy ben allan o'r twll er mwyn cadw golwg tra bydda i'n chwilio am Iolo. Os gweli di unrhyw un yn dod, anfona Sali i chwilio amdana i, i'm rhybuddio i.'

Ochneidiodd Alys. Doedd hi ddim eisiau aros yn y twll ar ei phen ei hun – byddai'n llawer gwell ganddi fynd gydag Ifan i chwilio am Iolo. Ond doedd dim amser i ddadlau.

Cododd Ifan ar ei gwrcwd a gosod ei ddwylo ar ymylon y twll uwch ei ben. Yna, ar ôl edrych i wneud yn siŵr nad oedd neb o gwmpas, tynnodd ei hun i fyny drwy'r twll, gan lanio mewn stafell fawr â theils du a gwyn ar y llawr.

Mae'n rhaid mai'r gegin yw hon, meddyliodd Ifan, wrth weld popty mawr, rhewgell a sinc. Ond ble roedd Iolo a phawb arall? Doedd dim smic o sŵn i'w glywed yn unman. Trodd ei ben i edrych ar Alys. Roedd hi'n sbecian allan o'r twll, a golwg ddifrifol iawn ar ei hwyneb.

'Pam nad ei di i edrych lawr fanna?' sibrydodd, gan bwyntio at goridor hir yn rhedeg wrth ochr y gegin.

'Syniad da,' meddai Ifan, gan lyncu'i boer yn nerfus.

Rhedodd Ifan ar flaenau'i draed i lawr y coridor, nes dod at ddrws mawr. Sbeciodd trwy dwll y clo, ond roedd y stafell yn wag. Aeth yn ei flaen nes cyrraedd fforch yn y coridor. Pa ffordd ddylai e fynd nesaf? I'r chwith, i'r dde, neu'n syth ymlaen? Clywodd sŵn tap-tap-tap yn dod o'r ochr dde, felly penderfynodd fynd i'r cyfeiriad hwnnw. Dilynodd y sŵn nes dod at ddrws mawr arall, lle roedd sŵn fel petai rhywun yn morthwylio rhywbeth. A'i galon yn curo fel drwm, rhoddodd Ifan ei law ar ddolen y drws, a'i agor yn araf.

'Pwy wyt ti? Beth wyt ti'n wneud fan hyn?'

Bu bron i Ifan sgrechian dros bob man. Roedd hen ŵr, a gwallt gwyn hir yn disgyn yn donnau i lawr ei gefn, yn rhythu arno'n ddig. Y tu ôl iddo, gallai Ifan weld Iolo a dau fachgen arall yn eistedd y tu ôl i fyrddau, a choleri bach yn eu dwylo.

'Ifan!' meddai Iolo, gan redeg ato. 'Helpa ni! Ry'n ni'n gorfod gweithio fan hyn drwy'r dydd, a bron drwy'r nos hefyd, gyda Mr Macsen yn gwylio popeth ry'n ni'n ei wneud!'

'Mr Macsen? Pwy yw e?' holodd Ifan.

'FI. Fi yw Mr Macsen!' bloeddiodd yr hen ŵr. 'Iolo Morris, cer 'nôl i dy sedd! Mae gen ti gant o goleri i'w gwneud heddiw! A ti – pwy bynnag wyt ti, fachgen,' meddai wedyn, gan edrych ar Ifan fel petai'n faw cwningen, 'Cer i eistedd wrth y ddesg yn y gornel. Fe ddof i â gwaith i ti nawr. Mae mwy na digon i'w wneud yma.'

Anwybyddodd Ifan ei orchymyn. Heb oedi am eiliad, rhuthrodd heibio iddo a chydio ym mraich Iolo.

'Dewch! Bob un ohonoch chi!' gwaeddodd Ifan ar y ddau fachgen arall. 'Brysiwch!'

'Allwn ni ddim, Ifan,' sibrydodd Iolo. 'Y breichledi hyn – gawn ni sioc drydanol os symudwn ni!'

'Ond mae'n *rhaid* i ni ddianc – neu byddi di a'r plant eraill yn sownd yma am byth!' ymbiliodd Ifan, gan gydio ym mraich Iolo.

'Eisteddwch i lawr, fechgyn – nawr! Peidiwch â meiddio gadael y stafell 'ma!' gwaeddodd Mr Macsen, gan chwifio'i gwglach yn fygythiol uwch ei ben. Yna, â fflach ddychrynllyd yn ei lygaid, gwasgodd y botwm piws ar y gwglach.

'Aaaa!' sgrechiodd Iolo a'r plant eraill, wrth i sioc drydanol saethu o'u breichledi i mewn i'w breichiau.

Chwarddodd Mr Macsen yn fileinig, gan ddangos rhes o ddannedd aur. Camodd yn nes at y bechgyn, a sibrwd, 'Gewch chi sioc hyd yn oed yn fwy os nad ewch chi 'nôl at eich gwaith – nawr!'

Wrth gwrs, meddyliodd Ifan, y breichledi! Dylai fod wedi cofio am hynny. Roedd wedi darllen amdanyn nhw yn nogfen Mr Caradog. Doedd dim modd iddyn nhw ddianc tra oedd y breichledi'n gweithio. Roedd yn rhaid iddo gael gafael ar gwglach Mr Macsen – a hynny ar unwaith!

Heb wastraffu eiliad yn rhagor, dringodd Ifan ar ben y ddesg wrth ochr Mr Macsen, a thaflu'i hun oddi arni, ar ben Mr Macsen. Cwympodd y ddau'n fflat ar y llawr, a tharodd Mr Macsen ei ben yn galed ar y llawr teils. Yna, llamodd Ifan yn ôl ar ei draed, a thaflu'r ddesg i lawr – crash! – ar goesau Mr Macsen. Roedd e'n sownd!

'Y diawl bach!' gwaeddodd Mr Macsen. 'Fe gei di dy gosbi am hyn!'

Ceisiodd Mr Macsen godi'r ddesg drom, gan wingo fel mwydyn. Ceisiodd rowlio ar ei ochr ac ymlusgo allan o'r trap roedd Ifan wedi'i greu iddo. Ond roedd e wedi cael clec galed i'w ben a theimlai braidd yn ddryslyd; hefyd, roedd ei goesau'n ddideimlad ar ôl cael eu gwasgu o dan y ddesg. Sylwodd e ddim ar Ifan yn cipio'i gwglach o boced ei siaced.

Gwasgodd Ifan y botwm oren ar y gwglach, gan wenu o glust i glust. Gyda BÎÎÎÎP uchel, diffoddwyd y trydan yn y breichledi, a disgynnodd y cyfan i'r llawr.

'Ry'n ni'n rhydd!' bloeddiodd Iolo. 'Dewch!'

'Ond gwell i ni wneud yn hollol siŵr na ddaw e ar ein holau ni,' meddai Ifan, gan godi breichled Iolo oddi ar y llawr. Yna, safodd ar fraich Mr Macsen a gwasgu'r freichled yn sownd o'i chwmpas. Nawr, pe bai Mr Macsen yn ceisio dianc o'r ystafell, byddai'n cael sioc drydanol boenus. Byddai Ifan yn gallu rhoi sioc drydanol iddo hefyd trwy wasgu'r botwm piws ar y gwglach; roedd hwnnw'n berffaith saff ym mhoced ei drowsus.

Rhuthrodd y bechgyn allan, gan weiddi a sgrechian mewn rhyddhad a'u traed yn bwrw'r teils yn swnllyd fel haid o eliffantod.

Wrth iddo ddod yn nes at y gegin, gwelodd Ifan rywbeth gwyn yn sboncio tuag ato. Sali! Mae'n rhaid bod Alys wedi anfon y gwningen i chwilio amdano, i'w rybuddio bod rhywun yn dod! Cyflymodd Ifan ei gamau, gan weiddi ar y lleill i redeg nerth eu traed.

Roedd Alys wedi dod allan o'r twll ac yn sefyll yng nghanol y gegin â golwg bryderus ar ei hwyneb.

'Brysiwch!' galwodd hithau. 'Gwelais i ddyn mawr â chraith ar ei wyneb yn syllu drwy'r ffenest arna i – dewch!'

Sbonciodd Sali i mewn i'r twll, ac aeth Ifan, Alys ac Iolo ar ei hôl. Ond yna, wrth i'r ddau fachgen arall geisio cropian i mewn, clywson nhw sŵn traed trwm yn taro teils y gegin.

'Ble ydych chi'n mynd, fechgyn?' taranodd llais mawr.

Sam oedd e!

Cyn iddyn nhw gael cyfle i ddianc, cydiodd Sam yng nghoesau'r bechgyn, eu tynnu allan o'r twll, a'u taflu'n ddidrugaredd ar y llawr teils caled.

Yna, gwthiodd ei fraich yn ôl i lawr y twll, ac ymbalfalu o'i gwmpas er mwyn ceisio gafael yn Ifan, Alys ac Iolo hefyd.

'Fe ddof i o hyd i chi, y cnafon bach, o gwnaf!' gwaeddodd yn grac, gan geisio stwffio'i fraich yn is i lawr eto. Ond roedd y tri wedi llwyddo i gropian yn gyflym o geg y twll, ac roedd Sam yn llawer rhy fawr i allu gwasgu i mewn ar eu holau.

'Fe gaf i afael arnoch chi!' bloeddiodd wedyn, gan ddefnyddio'i lawes i sychu afon o chwys oddi ar ei dalcen.

Yna, gwenodd wrtho'i hun. Doedd dim gobaith iddyn nhw drechu'r cwningod cawraidd! Dim gobaith o gwbl!

13

'Dewch, fechgyn! Peidiwch ag arafu nawr!' meddai Alys. 'Ry'n ni bron yna! Ry'n ni bron â chyrraedd wyneb y ddaear! Edrychwch!'

Roedd Ifan ac Iolo wedi blino'n lân ar ôl cropian drwy'r twnnel cul, ond roedd Alys yn dal i symud yn gyflym – bron mor gyflym â Sali'r gwningen. Roedd hi'n ysu am gael cyrraedd wyneb y ddaear ar ôl clywed llais cras Sam.

'O-o!' meddai Ifan, ar ôl cael cip dros ei ysgwydd. 'Edrychwch pwy sy y tu ôl i ni!'

Trodd Alys ac Iolo eu pennau, a gweld pâr o glustiau gwyn hir yn nesáu tuag atynt. Isabela, cwningen Mr Caradog, oedd yno!

'Brysiwch!' gwaeddodd Ifan. 'Mae hi'n gallu cnoi! Mae hi fel llygoden fawr ffyrnig!'

'O na!' sgrechiodd Iolo. Roedd yn gas ganddo lygod o unrhyw fath.

'Ac nid dim ond Isabela sy 'na – mae 'na gwningen arall y tu ôl iddi hi – un anferthol!'

'Un o'r cwningod cawraidd!' sibrydodd Ifan, gan lyncu'i boer yn ofnus.

Trodd ei ben i weld pawennau cymaint â phawennau teigr yn crafangu ar ochr y twnnel, gan wthio Isabela o'r ffordd. Trwy'r tywyllwch, gallai weld siâp ei chlustiau hir, a'r golau'n fflachio ar ei choler. Coler glyfar . . . Tybed beth roedd Mr Caradog yn ei ddweud wrthi hi? Roedd angen brysio'n fwy nag erioed.

'Mae hi'n dod yn nes – dewch!' gwaeddodd Ifan yn awdurdodol.

'Aaaa!' sgrechiodd Iolo. 'Mae hi newydd gnoi gwaelod fy nhrowsus i! Helpwch fi!'

'Dere, Iolo! Bydd raid iti symud yn gyflymach – does dim lle i mi droi 'nôl i dy helpu di. Tria gicio'r gwningen. Dere!' meddai Ifan gan duchan. Roedd e'n dechrau blino erbyn hyn, ond yn dal i ymdrechu mor galed ag erioed.

'Mae hi'n dal yna! Mae hi wedi bwyta gwaelod fy nhrowsus i ac mae hi'n cnoi fy sanau i nawr – help! Mae ganddi ewinedd miniog hefyd!' Erbyn hyn roedd Iolo'n sgrechian yn wyllt a dagrau'n llifo i lawr ei wyneb. 'Gwnewch rywbeth!' bloeddiodd, wrth glywed y gwningen gawraidd yn sboncio'n nes ac yn nes.

Roedd meddwl Ifan yn rasio'n wyllt. Beth allai

e ei wneud? Rhaid bod rhyw ffordd o rwystro'r cwningod rhag cyrraedd atyn nhw . . . ac yna cofiodd fod gwglach Mr Macsen yn ei boced. Wrth gwrs! Rhaid bod y coleri clyfar yn debyg i'r freichled roedd Iolo'n ei gwisgo yn y Tanfyd. Felly, pe bai e'n gwasgu'r botwm piws, bydden nhw'n cael sioc drydanol . . .

Doedd e ddim eisiau anafu'r cwningod druan, dim ond eu hatal nhw rhag dod ar eu holau. Felly, cyffyrddodd â'r botwm piws yn ysgafn, ysgafn iawn.

'Gwiiiiiiich!'

Gwichiodd y cwningod wrth deimlo mellten fach yn saethu allan o'r coleri. Ac yna, yn eu dryswch, dechreuodd y ddwy sboncio'n ôl i lawr y twnnel, i mewn i'r Tanfyd.

'Do'n i ddim yn gwybod bod cwningod yn gallu gwneud sŵn!' ebychodd Iolo'n syn.

'Wel rwyt ti'n gwybod nawr eu bod nhw'n gwneud tipyn o sŵn pan maen nhw wedi cael dolur! Nawr dere, Iolo,' meddai Alys yn awdurdodol. 'Does dim llawer o ddringo ar ôl – ry'n ni bron yna! Wyt ti eisiau aros yn y Tanfyd am byth?'

Dechreuodd calon Iolo guro'n gyflymach fyth. Nac oedd, doedd e'n bendant ddim eisiau aros yn y Tanfyd am byth! Meddyliodd am ei rieni a'i deulu a'i ffrindiau ar wyneb y ddaear. Roedd yn rhaid iddo ddianc! Â'i holl nerth, gwthiodd ei hun i fyny'n galetach a chaletach, nes ei fod ar bwys Ifan.

'Da iawn ti, Iolo! Edrycha i fyny! Ry'n ni bron yna!' gwaeddodd Alys, wrth weld cylch o olau dydd uwch ei phen. Roedden nhw'n agosáu at geg y twnnel!

'Ffonia dy fam, Alys!' gwaeddodd Ifan. 'Gofynna iddi ddod i gwrdd â ni yn y car wrth fynedfa'r goedwig. Brysia!'

Cydiodd Alys yn ffôn Ifan, a deialu rhif ei mam. Yn lwcus, cafodd ateb yn syth.

'Beth sy'n bod, Alys? Ble wyt ti?' gofynnodd Rhian Tomos, a'i llais yn llawn pryder.

'Does dim amser i esbonio,' meddai Alys yn gyflym. 'Jest dere draw at fynedfa'r goedwig yn y car. Mae angen iti gasglu Ifan, Iolo a fi.'

'Wyt ti'n iawn? Alys? Alys? Ateb fi!' mynnodd ei mam, ond erbyn hynny roedd Alys wedi rhoi'r ffôn yn ei phoced ac yn dringo'n gyflymach nag erioed.

Cyrhaeddodd Sali geg y twnnel, a sboncio allan yn rhwydd. Yna, gosododd Alys ei thraed ar ddarn o graig a chydio'n dynn yn ymylon y twll. Ag un hyrddiad mawr, llwyddodd i'w chodi'i hun allan gan lanio ar ei chefn ar lawr mwdlyd y goedwig. Teimlodd y mwd yn gwlychu ei gwallt ac yn llifo'n araf i lawr ei chefn, ond doedd dim ots ganddi. Roedd hi allan yn saff o'r diwedd!

Dringodd Ifan allan nesaf, cyn estyn ei ddwylo i lawr at Iolo, i'w dynnu yntau allan.

'Ar ôl tri – UN, DAU, TRI!'

Glaniodd Iolo ar ei fol ar y llawr, a'i wyneb yn chwys domen ar ôl cropian am amser mor hir drwy'r twnnel.

'Diolch, Ifan! Diolch am fy achub i, ar ôl popeth dwi wedi'i wneud i ti! Sori am fod mor gas wrthot ti!'

'Does dim ots am hynny nawr,' meddai Ifan gan wenu. 'Gad i ni anghofio am hynny i gyd. Y peth pwysig yw ein bod ni i gyd yn saff, ac y bydd y plant eraill yn cael eu hachub hefyd. Bydd pawb yn cael gwybod am gynllun ofnadwy Mr Caradog. A phan awn ni 'nôl i'r ysgol, byddwn ni'n tri – ti, fi ac Alys – yn ffrindiau mawr, dwi'n siŵr.'

Rhedodd y tri nerth eu traed at fynedfa'r goedwig, cyn dringo dros y ffens bren, gydag Ifan yn cario Sali yn ei freichiau.

'Dacw gar Mam!' bloeddiodd Alys yn falch, wrth weld car bach melyn yn nesáu tuag atynt.

Fflachiodd Rhian Tomos y goleuadau i ddangos ei bod wedi gweld y tri, cyn parcio'r car yn frysiog.

'Beth ar wyneb y ddaear sydd wedi digwydd i chi? A ble wyt ti wedi bod, Iolo?' gofynnodd, gan ruthro allan o'r car. 'Mae pawb yn poeni'n ofnadwy amdanat ti.'

Roedd talcen Iolo'n gwaedu ar ôl iddo'i grafu ar y graig, ac roedd dillad y tri wedi rhwygo ac yn fwd i gyd.

'Fe esbonia i bopeth wrthot ti pan fyddwn ni gartref, Mam – ond mae'n rhaid inni ddianc yn gyflym o fan hyn. Does dim eiliad i'w sbario!' meddai Ifan.

Wrth iddyn nhw fynd yn y car, defnyddiodd Iolo ffôn symudol Ifan i gysylltu â'i fam. Daeth lwmp i'w wddf wrth glywed ei llais, a dechreuodd dagrau lifo i lawr ei wyneb. Fel arfer, doedd e ddim yn fodlon i neb ei weld yn crio, ond doedd dim ots ganddo o gwbl nawr. Roedd e mor hapus ei fod yn ôl ar wyneb y ddaear, ac yn methu aros am gael gweld ei rieni a'i gartref unwaith eto.

Y peth nesaf roedd yn rhaid ei wneud oedd

ffonio'r heddlu, ond cafodd Ifan dipyn o broblem wrth wneud hynny. Doedd heddlu de Cymru erioed wedi clywed am y Tanfyd, ac roedden nhw'n credu bod Ifan yn chwarae tric arnyn nhw. Ond pan ddywedodd Ifan fod Iolo gyda fe, a bod dau fachgen arall yn dal i fod yn gaeth o dan y ddaear yn y Tanfyd, neidiodd dau o'r plismyn i mewn i'w car heddlu, a gyrru ar frys i dŷ Alys.

Wrth i'r car bach melyn droi i mewn i stryd Alys, sylwodd Ifan fod yr heddlu yno o'u blaenau, a bod rhieni Iolo'n sefyll o flaen y tŷ yn chwifio'u dwylo'n wyllt ar eu mab. Ar ôl i'r car ddod i stop, rhedodd Iolo nerth ei draed atyn nhw.

'Iolo! Iolo bach! Paid *byth* â gwneud hynny eto! Pam wnest ti redeg i ffwrdd?' llefodd ei fam, gan ei wasgu'n dynn, dynn.

'Wnes i ddim rhedeg i ffwrdd, Mam! Faswn i byth yn gwneud hynny. Cael fy herwgipio wnes i!' atebodd Iolo, gan sychu'r dagrau oedd yn llifo i lawr ei wyneb.

Ar hynny, camodd y ddau blisman – dyn a menyw – allan o'r car heddlu.

'Noswaith dda,' meddai'r fenyw. 'Cwnstabl

Anni Prys ydw i, a dyma'r Cwnstabl Daniel Huws. Gawn ni ddod i mewn?'

'Wrth gwrs,' atebodd Rhian Tomos gan agor y drws. 'Dewch i mewn i'r tŷ, bawb.'

Aeth Ifan i mewn i'r tŷ ar ei hôl ac eistedd mewn cadair esmwyth gyda Sali ar ei gôl. Roedd e'n teimlo braidd yn benysgafn ar ôl holl gyffro'r prynhawn, a'i fol yn brifo gan nad oedd e wedi cael tamaid i'w fwyta ers oriau lawer. Ond wrth weld Iolo'n siarad â'r heddlu, a'i rieni'n eistedd wrth ei ochr, lledodd gwên fawr ar draws ei wyneb. Roedd ei gynllun wedi gweithio – diolch i Alys, a Sali wrth gwrs!

Ar hynny, canodd ffôn Ifan. Ei rieni! Doedd ganddyn nhw ddim syniad ble roedd e!

'Byddwn ni draw gyda ti cyn gynted â phosib,' meddai Elin Hopcyn, ar ôl i Ifan roi braslun o hanes y prynhawn iddi. 'Dylwn i fod wedi dy gredu di, cariad, pan ddywedaist ti dy fod wedi gweld Iolo yn y Tanfyd . . .'

'Does dim ots am hynny nawr . . . ond peidiwch â gadael y Tanfyd eto,' meddai Ifan wrth ei fam mewn llais pendant. 'Bydda i a'r heddlu'n dod i lawr atoch chi nawr, ar ôl iddyn nhw orffen holi Iolo. Maen nhw'n bwriadu arestio Mr Caradog, ac mae dau fachgen arall yn dal i fod gydag e dan y ddaear.'

'Ond . . .'

'Wela i chi cyn hir. Hwyl!'

Diffoddodd Ifan y ffôn cyn i'w fam gael cyfle i ofyn rhagor o gwestiynau. Roedd yn rhaid i'r heddlu gyrraedd y Tanfyd cyn gynted ag y bo modd, neu byddai Mr Caradog wedi dianc i wyneb y ddaear.

NI-NO-NI-NO . . .

Gwibiodd y car heddlu drwy strydoedd Cil y Deryn, a'r teiars yn gwichian rownd pob cornel. Roedd Ifan yn y sedd gefn, a'r gwregys diogelwch yn dynn amdano. Allai e ddim credu'r peth! Roedd e mewn car heddlu go iawn, yn teithio ar gyflymder o gan milltir yr awr. Teimlai fel pe bai e'n seren mewn ffilm!

Wrth i'r car nesáu at fynedfa'r goedwig, canodd ffôn Ifan. Ei fam oedd yno eto.

'Mam, does dim amser i siarad . . .' meddai Ifan, wrth i'r car ddod i stop â sgrech.

'Gwranda, Ifan. Fe ddywedodd rhywun wrtha i fod Mr Caradog wedi gadael y Tanfyd ers sbel.

Does dim pwynt ichi ddod i lawr yma. Ewch i chwilio amdano fe ar bwys y goedwig. Mae ei chwaer yn byw yn y tai newydd – falle mai dyna ble mae e.'

'Mae'n rhaid i ni droi 'nôl!' gwaeddodd Ifan ar y ddau blisman. 'Trowch i mewn i'r stryd 'na – dwi'n credu mai dyna ble mae Mr Caradog!'

Edrychodd y Cwnstabl Daniel Huws ar y Cwnstabl Anni Prys, a gwgu. Doedd e ddim yn hoffi clywed plentyn un ar ddeg oed yn dweud wrtho fe beth i'w wneud. Ond roedd yn rhaid ceisio dal Mr Caradog. Taniodd injan y car, a theithio ar wib at y tai newydd.

Arafodd y car ar ôl troi i mewn i'r stryd, gan yrru'n araf heibio'r tai i chwilio am unrhyw arwydd o Mr Caradog. Gwasgodd Ifan ei wyneb yn erbyn y ffenestr gan graffu ar y tai. Roedd pob un yr un fath – pedair ffenestr, drws gwyn – a gerddi pob un yn sgwâr a thwt. Ble'r oedd e, tybed? Ble'r oedd Mr Caradog yn cuddio?

'Ga i roi'r seiren 'mlaen?' gofynnodd Ifan.

'Na chei wir,' atebodd y Cwnstabl Daniel Huws yn chwyrn. 'Dy'n ni ddim eisiau iddo fe ein gweld ni a dianc.'

Yn sydyn, gwelodd Ifan rywbeth gwyn yn symud. Cynffon cwningen! Cwningen wen a llygaid coch – Isabela! Mae'n rhaid bod rhywun wedi ei hanfon yn ôl i fyny o'r Tanfyd trwy dwnnel gwahanol. Roedd hi'n eistedd yng ngardd ffrynt tŷ rhif 3, yn llyfu'i phawen. Mae'n rhaid bod Mr Caradog yn agos . . .

Camodd y plismyn allan o'r car a cherdded yn gyflym at y tŷ. Agorodd Ifan ddrws cefn y car, a dechreuodd ddilyn y ddau.

'Dyna fe!' bloeddiodd Ifan, wrth weld cipolwg ar gorff main Mr Caradog drwy ffenestr y tŷ.

'Shhh!' sibrydodd y Cwnstabl Anni Prys yn ddig.

'Cer yn ôl i'r car, Ifan, a bydd yn dawel. Dydyn ni ddim eisiau i Mr Caradog ein clywed ni, a chael cyfle i ddianc. A dydyn ni ddim eisiau i ti gael dy frifo, chwaith. Efallai y bydd 'na ymladd os bydd e'n trio dianc.'

Ochneidiodd Ifan. Roedd e'n awyddus i weld y cyfan – doedd e ddim am golli digwyddiad mor gyffrous â hyn. Ond wrth weld yr olwg ddifrifol yn llygaid y cwnstabl, sylweddolodd nad oedd pwynt iddo ddadlau â hi.

Trafferth yn y Tanfyd

Heddiw, bu'n rhaid i'r heddlu arestio dyn o'r enw Mr Cenwyn Caradog. Cafodd ei arestio ar gyhuddiad o herwgipio plant a'u gorfodi i weithio yn y Tanfyd.

Beth yw'r Tanfyd?

Pwrpas gwreiddiol y Tanfyd oedd bod yn lloches i bobl Cymru, a dim ond ychydig o arweinwyr y wlad a phobl bwysig oedd yn gwybod am y lle. Ond gall *Y Cymro* ddatgelu sut y trodd y Tanfyd yn wlad greulon dan reolaeth Mr Caradog a'i ffrindiau.

Trowch i dudalen 3 i ddarllen gweddill y stori hon . . .

14

Gorweddai Ifan ar wastad ei gefn yng ngardd ei fodryb Sara, yn edrych i fyny ar y cymylau. Roedd ei rieni ac yntau wedi bod yn aros gyda hi ers mis – ers y diwrnod y llwyddodd Ifan ac Alys i achub Iolo o'r Tanfyd.

'Gobeithio dy fod ti'n defnyddio digon o eli haul!' meddai Elin Hopcyn, gan fynd i eistedd wrth ei ochr.

'Paid â phoeni, Mam,' atebodd Ifan, 'dwi wedi rhoi digon ohono fe drosta i.'

'Wel, cofia fod gen ti groen sensitif iawn ar ôl byw mor hir yn y Tanfyd.'

'Hmm,' atebodd Ifan yn freuddwydiol, heb dynnu'i lygaid oddi ar y cymylau.

Roedd e'n gallu gweld pob math o siapiau diddorol ynddyn nhw – ceffylau, dreigiau, a madfall mawr â thafod hir, cyrliog.

Ar ôl eistedd mewn tawelwch am sbel, trodd Elin i edrych ar ei mab.

'Ifan?' gofynnodd yn dawel, gan orffwys ei llaw ar ei ysgwydd. 'Edrych arna i am funud. Mae gen i rywbeth pwysig i'w ddweud wrthot ti.'

'O?' cododd Ifan ar ei eistedd yn frysiog. Roedd llais ei fam yn swnio'n wahanol – yn ddifrifol a braidd yn nerfus. Tybed beth oedd yn bod?

'Mae'r Prif Weinidog newydd fod ar y ffôn . . . i drafod y Tanfyd,' meddai hi wedyn, gan edrych i fyw ei lygaid.

Dechreuodd calon Ifan guro'n gyflymach.

'Ond pam, Mam? Mae'r Tanfyd wedi cau, mae Mr Caradog a'i ffrindiau yn y carchar, ac mae'r cwningod i gyd wedi mynd i gartref cwningod ar wyneb y ddaear. Does dim byd ar ôl yn y Tanfyd nawr.'

'Wel, dyw hynny ddim yn hollol wir. Mae ein cartref ni a'r rhan fwyaf o'n heiddo ni'n dal yno. Felly, mae'r Prif Weinidog wedi gofyn a hoffen ni fynd yn ôl yno i fyw, i fod yn ofalwyr ar y Tanfyd . . . rhag ofn y daw amser yn y dyfodol pan fydd angen ei ddefnyddio fe eto.'

'Hmmm . . .' meddai Ifan, gan deimlo braidd yn benysgafn.

Ers bod yng nghartref ei fodryb Sara, roedd e wedi dechrau arfer â bywyd ar wyneb y ddaear.

Teimlai fel petai wedi gadael y Tanfyd ers blynyddoedd, nid dim ond ers mis. Oedd e eisiau mynd i fyw o dan y ddaear eto? Doedd e ddim yn siŵr.

'Byddwn ni'n ennill llawer iawn o arian, Ifan – a fydd Mr Caradog ddim yno i ddweud wrthon ni beth i'w wneud. A byddet ti'n cael dal i fynd i Ysgol Cil y Deryn, wrth gwrs.'

'Ond mae ganddon ni ddigon o arian nawr, on'd oes, ar ôl ichi weithio am flynyddoedd yn y Tanfyd? Ac ro'n i'n meddwl bod Dad wedi cael swydd newydd gyda chwmni adeiladu yn y dref?'

'Wel ydy . . . ond bydden ni'n cael mwy o arian nag erioed. Gallen ni brynu unrhyw beth yn y byd, bron.'

Caeodd Ifan ei lygaid yn dynn. Oedd, roedd e'n gweld eisiau ei hen stafell wely a'i holl offer arlunio a'i gyfrifiadur. Roedd hi hefyd yn anodd arfer â'r holl brysurdeb a thraffig ar wyneb y ddaear. Doedd e ddim yn gallu sgwt-sgwtio i bob man nawr, fel yn y Tanfyd.

Oedd, roedd wyneb y ddaear yn gallu bod yn hen le digon rhyfedd weithiau. Ond yna, edrychodd i fyny ar yr awyr las, a'r gwair gwyrdd ffres o'i gwmpas. Meddyliodd am Alys ac Iolo a'r holl blant eraill yn Ysgol Cil y Deryn.

Teimlodd wres yr heulwen ar ei wyneb ac anadlodd yn ddwfn, nes bod awyr iach yn llenwi'i ysgyfaint.

'Dwi eisiau aros yma, Mam, yng Nghil y Deryn, ar wyneb y ddaear,' meddai Ifan yn bendant. 'Does dim ots gen i am gyfrifiaduron a gêmau newydd. Dwi eisiau gallu gwneud yr un pethau â'r plant eraill yn y dosbarth.'

'Iawn,' meddai Elin Hopcyn. 'Ro'n i'n meddwl mai dyna faset ti'n ddweud. Wel, fe arhoswn ni fan hyn, felly. Ry'n ni wedi bod o dan ddaear am amser hir.'

Gwenodd Ifan, a gorwedd yn ôl yn gysurus, gan syllu eto ar y cymylau.